★聆听感悟大师经典

李商隐名篇名句赏读

罗剑平　主编

黄河出版传媒集团
阳光出版社

图书在版编目（CIP）数据

李商隐名篇名句赏读 / 罗剑平主编. —— 银川：阳光出版社，2016.6（2024.1 重印）

（聆听感悟大师经典）

ISBN 978-7-5525-2705-6

Ⅰ.①李… Ⅱ.①罗… Ⅲ.①李商隐（812–约858）–文学欣赏 Ⅳ.①I206.2

中国版本图书馆CIP数据核字(2016)第157335号

聆听感悟大师经典　李商隐名篇名句赏读　　　　罗剑平　主编

责任编辑　金小燕
封面设计　民谐文化
责任印制　岳建宁

黄河出版传媒集团
阳 光 出 版 社　出版发行

地　　址	宁夏银川市北京东路139号出版大厦（750001）
网　　址	http://www.ygchbs.com
网上书店	http://shop129132959.taobao.com
电子信箱	yangguangchubanshe@163.com
邮购电话	0951-5047283
经　　销	全国新华书店
印刷装订	永清县晔盛亚胶印有限公司
印刷委托书号	（宁）0027471

开　　本	710 mm×1000 mm　1/16
印　　张	7.25
字　　数	90千字
版　　次	2016年6月第1版
印　　次	2024年1月第2次印刷
书　　号	ISBN 978-7-5525-2705-6
定　　价	25.80元

前　言

　　世界文学的殿堂就像大自然一样神奇、美丽与朴实,它是世界上才华横溢的一批人用最优美、最自然的表达而描绘出的世界图景。历经时代的考验,这些作品魅力永存,而有这样一批才华横溢的大师也被我们永久记录下来,他们人格的力量一直激励着我们,他们的思想也已融入我们的血液之中。

　　阅读这些大师的经典作品,感悟其中的社会百态和人世间的苦乐善恶,就像与大师在进行面对面的交谈,让人的精神上产生出一种超越、一种支撑、一种理性的沉淀。

　　为了帮助读者朋友更好地阅读古今中外的经典作品,我们精心编辑了这套《聆听感悟大师经典》丛书,希望能把有价值的、经典的书推荐给大家,让大家在有限的时间里能够了解中外经典名作的轮廓,提早感受到名著的魅力,慢慢进入阅读的佳境。本套丛书包括《莎士比亚名篇名句赏读》《雨果名篇名句赏读》《卢梭名篇名句赏读》《李白名篇名句赏读》《鲁迅名篇名句赏读》《徐志摩名篇名句赏读》等,每本书中都配有作者小传和作者肖像,所选内容都是中外文化巨人的优秀作品,通过我们的分类整理,相信会给你一个愉快的阅读体验。

通过对该丛书的阅读,你会发现大师的经典语句与我们的日常生活中有很多的契合点,读书的过程就像聆听大师的亲身教诲一样,使我们懂得生活中的许多哲理。编辑本丛书的目的,并非要取代对原著的阅读,而是让读者在名篇名句的引导和记忆中更好地阅读整部作品并理解整部作品的意境。

由于编写时间仓促及编者水平有限,书中难免有不足之处,还望读者批评指正。

编　者

作者小传

李商隐

李商隐(812—858年),晚唐时期著名诗人,字义山,号玉溪生,又号樊南生。李商隐的诗作文学价值很高,和杜牧合称"小李杜",与温庭筠合称为"温李",与同时期的段成式、温庭筠风格相近,且都在家族里排行16,故并称为三十六体。在《唐诗三百首》中,李商隐的诗作有22首被收录,位列第4。

李商隐是唐室宗亲,然而因为年代久远,家境已经十分贫寒。父亲李嗣曾任获嘉(今河南获嘉县)县令。李商隐三岁时,父亲受聘为浙东(后转浙西)观察使幕僚。他随父由获嘉至江浙度过童年时代。十岁时,父亲卒于幕府。孤儿寡母扶丧回到故乡,"四海无可归之地,九族无可倚之亲"(《祭裴氏姊文》),虽在故乡,却情同外来的逃荒者。正是由于家世的孤苦不幸,加之身体文弱,形成他易于感伤的性格,但同时也促使他谋求通过科举,振兴家道。

唐文宗大和三年(829年),李商隐受到令狐楚赏识。令狐楚将他聘入幕府,亲自指点,教写今体文。李商隐在开成二年(837年)中进士,于次年春入泾原节度使王茂元幕。王茂元爱商隐之才,将最小的女儿嫁给他。当时朋党斗争激烈,令狐家族为牛党要员,王茂元被视为亲近李党的武人。李商隐转依王茂元,在牛党眼里是"背恩"的行为,从此为令狐家族所不满。党人的成见,加以李商隐个性孤介,他一直沉沦下僚,在朝廷仅任九品的秘书省校书郎、正字和闲冷的六品太学博士。从大和三年踏入仕途,到大中十二年去世,30年中有20年辗转于各处幕府。东到兖州,北到泾州,南到桂林,西到梓州,远离家室,漂泊异地。他最后一次赴梓州作长达五年的幕职之前,妻子王氏又不幸病故,子女寄居长安,更加重了精神上的痛苦。

李商隐反对机械复古,认为道并非周、孔所独能,自己和周、孔都体现着道。为文不必援经据典,不必忌讳,应挥笔独创,不甘居古人之下。从这种颇具锋芒的议论中,可见其思想的自主与自信。

李商隐十分关心现实和国家命运,他的各类政治诗不下百首,在其现存的约六百首诗中,占了六分之一,比重相当高。著名的长诗《行次西郊作一百韵》,一开头就展示了京西郊区"农具弃道旁,饥牛死空墩。依依过村落,十室无一存"的荒凉残破景象。接着,借村民口诉,展示社会症结。长诗体势磅礴,既有唐王朝衰落历史过程的纵向追溯,亦有各种社会危机的横向解剖,构成长达百余年的社会历史画面。藩镇的割据叛乱、宦室的专权残暴、统治集团的骄奢淫逸、赋税的苛重、人民生活的穷困、治安的混乱、财政的危机、边防力量的削弱,等等,都在长诗中不同程度地得到揭示,而这些方面,李商隐在其他一些诗中也一再予以关注。

文宗大和九年(835)冬,甘露事变发生,李商隐于次年写了《有感二首》、《重有感》、《曲江》等诗,抨击宦官篡权乱政,滥杀无辜,表现了对唐王朝命运的忧虑。当时慑于宦官的气焰，包括白居易、杜牧等诗人在内，还没有谁能像李商隐这样写出有胆识的作品。

除政治诗外，李商隐诗集中的其他篇章，多半属于吟咏怀抱、感慨身世之作。其中一部分诗篇表现了他的用世精神。如"永忆江湖归白发，欲回天地入扁舟"（《安定城楼》），希望有一番扭转乾坤的大事业，然后归隐江湖。"贾生游刃极，作赋又论兵"（《城上》），借历史人物喻自己的才能抱负和追求。但无论怎样执著，生逢末世，现实总是不断让他感到抱负成虚。他在诗中抒写得更多的是人生感慨。"中路因循我所长，古来才命两相妨"（《有感》），写怀才不遇、命薄运厄之慨。"春日在天涯，天涯日又斜。莺啼如有泪，为湿最高花"（《天涯》）这类诗伤感中带着时代黯淡没落的投影。

李商隐也是唐代咏物诗大家，他的咏物诗大多托物寓慨，表现诗人的境遇命运、人生体验和精神意绪。如："流莺飘荡复参差，度陌临流不自持。巧啭岂能无本意，良辰未必有佳期。风朝露夜阴晴里，万户千门开闭时。曾苦伤春不忍听，凤城何处有花枝？"（《流莺》）流莺飘荡流转，在长安无所依托，象征诗人飘零无依的身世。它的巧啭，虽蕴含着内心的愿望，但未必有美好的期遇。《流莺》慨叹不遇，还比较含蓄，《蝉》诗则出语愤激："五更疏欲断，一树碧无情。"这类诗对于周围环境和自身的描写，可以说传达了中晚唐士人的普遍感受。

李商隐抒情之作中，最为杰出的是以无题为中心的爱情诗。这些诗在李诗中不占多数，却是李商隐诗独特的艺术风貌的代表。我国古代不少爱情诗的作者，往往以一种玩赏的态度来对待女子及其爱情生活。李商隐的爱情观和女性观是比较进步的，他以一种平等的态度，从一种纯情的而不是色欲的角度来写爱情、写女性。他曾在《别令狐绹拾遗书》中对女子被深闭幽闺缺乏婚姻自主权，给予极大的同情。他的爱情诗，情挚意真，深厚缠绵。如《无题》：

相见时难别亦难，东风无力百花残。春蚕到死丝方尽，蜡炬成灰泪始干。晓镜但愁云鬓改，夜吟应觉月光寒。蓬山此去无多路，青鸟殷勤为探看。

李商隐以他的诗,表现了美好的理想、情操,表现了人性中纯正、高尚的一面;同时,也曲折地显现了他那个时代政治环境气氛与士人的精神面貌。

目　录

绝　句 ·· 1

五言绝句 ·· 3

七言绝句 ·· 8

律　诗 ·· 35

五言律诗 ·· 37

七言律诗 ·· 68

长　律 ·· 89

绝

句

五言绝句

剑外从军远，无家与寄衣。
散关三尺雪，回梦旧鸳机。

✤ 《悼伤后赴东蜀辟至散关遇雪》

向晚意不适，驱车登古原。
夕阳无限好，只是近黄昏。

✤ 《乐游原》

巴江可惜柳，柳色绿侵江。
好向金銮殿，移阴入绮窗。

✤ 《巴江柳》

城头叠鼓声，城下暮江清。
欲向渔阳掺，时无祢正平。

✤ 《听鼓》

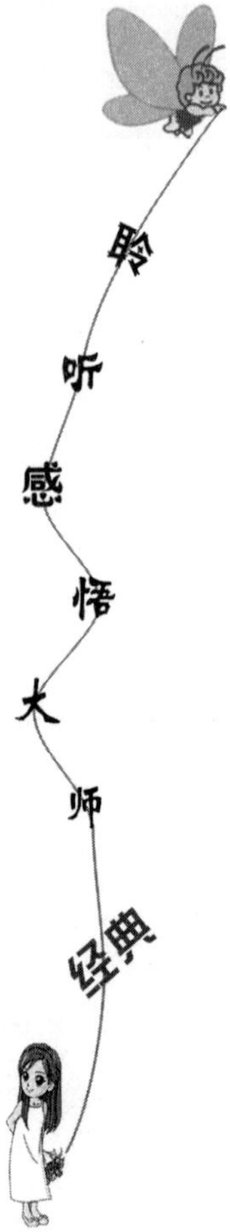

李商隐名篇名句赏读

定定住天涯，依依向物华。
寒梅最堪恨，长作去年花。

✽《忆梅》

沈约怜何逊，延年毁谢庄。
清新俱有得，名誉底相伤。

✽《漫成三首》

雾夕咏芙蕖，何郎得意初。
此时谁最赏，沈范两尚书。

✽《漫成三首》

无奈巴南柳，千条傍吹台。
更将黄映白，拟作杏花媒。

✽《柳下暗记》

乐府闻桃叶，人前道得无。
劝君书小字，慎莫唤官奴。

✽《妓席》

撩钗盘孔雀，恼带拂鸳鸯。
罗荐谁教近，斋时锁洞房。

✽《风》

下马捧椒浆，迎神白玉堂。

如何铁如意，独自与姚苌。

❀ 《张恶子庙》

珠实虽先熟，琼莩纵早开。

流莺犹故在，争得讳含来。

❀ 《百果嘲樱桃》

尝闻宓妃袜，渡水欲生尘。

好借常娥著，清秋踏月轮。

❀ 《袜》

道却横波字，人前莫谩羞。

只应同楚水，长短入淮流。

❀ 《追代卢家人嘲堂内》

春日在天涯，天涯日又斜。

莺啼如有泪，为湿最高花。

❀ 《天涯》

风露澹清晨，帘间独起人。

莺花啼又笑，毕竟是谁春。

❀ 《早起》

聆听感悟大师经典

李商隐名篇名句赏读

帷飘白玉堂，簟卷碧牙床。

楚女当时意，萧萧发彩凉。

❀ 《细雨》

遏云歌响清，回雪舞腰轻。

只要君流眄，君倾国自倾。

❀ 《歌舞》

不见姮娥影，清秋守月轮。

月中闲杵臼，桂子捣成尘。

❀ 《房君珊瑚散》

朱实鸟含尽，青楼人未归。

南园无限树，独自叶如帏。

❀ 《嘲樱桃》

陶令弃官后，仰眠书屋中。

谁将五斗米，拟换北窗风。

❀ 《自贶》

孤蝶小徘徊，翩翾粉翅开。

寿应伤皎洁，频近雪中来。

❀ 《蝶》

帘垂幕半卷，枕冷被仍香。

如何为相忆，魂梦过潇湘。

❀ 《夜意》

滞雨长安夜，残灯独客愁。

故乡云水地，归梦不宜秋。

❀ 《滞雨》

初随林霭动，稍共夜凉分。

窗迥侵灯冷，庭虚近水闻。

❀ 《微雨》

花将人共笑，篱外露繁枝。

宋玉临江宅，墙低不碍窥。

❀ 《高花》

无赖夭桃面，平时露井东。

春风为开了，却拟笑春风。

❀ 《嘲桃》

莫叹万重山，君还我未还。

武关犹怅望，何况百牢关。

❀ 《饯席重送从叔余之梓州》

— 7 —

七言绝句

初闻征雁已无蝉，百尺楼高水接天。

青女素娥俱耐冷，月中霜里斗婵娟。

❋ 《霜月》

人欲天从竟不疑，莫言圆盖便无私。

秦中已久乌头白，却是君王未备知。

❋ 《人欲》

莲华峰下锁雕梁，此去瑶池地共长。

好为麻姑到东海，劝栽黄竹莫栽桑。

❋ 《华山题王母祠》

华清恩幸古无伦，犹恐蛾眉不胜人。

未免被他褒女笑，只教天子暂蒙尘。

❋ 《华清宫》

一笑相倾国便亡，何劳荆棘始堪伤。

小怜玉体横陈夜，已报周师入晋阳。

❋ 《北齐二首》

咸阳宫阙郁嵯峨，六国楼台艳绮罗。

自是当时天帝醉，不关秦地有山河。

❋《咸阳》

共受征南不次恩，报恩惟是有忘言。

岩花涧草西林路，未见高僧只见猿。

❋《同崔八诣药山访融禅师》

君问归期未有期，巴山夜雨涨秋池。

何当共剪西窗烛，却话巴山夜雨时。

❋《夜雨寄北》

榴枝婀娜榴实繁，榴膜轻明榴子鲜。

可羡瑶池碧桃树，碧桃红颊一千年。

❋《石榴》

想像咸池日欲光，五更钟后更回肠。

三年苦雾巴江水，不为离人照屋梁。

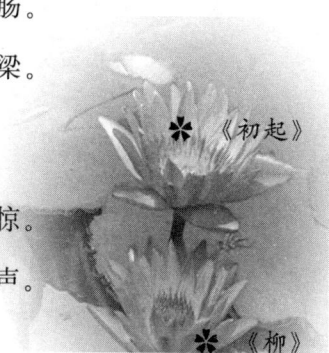

❋《初起》

柳映江潭底有情，望中频遣客心惊。

巴雷隐隐千山外，更作章台走马声。

❋《柳》

李商隐名篇名句赏读

竹坞无尘水槛清,相思迢递隔重城。

秋阴不散霜飞晚,留得枯荷听雨声。

❀ 《宿骆氏亭寄怀崔雍崔衮》

梦泽悲风动白茅,楚王葬尽满城娇。

未知歌舞能多少,虚减宫厨为细腰。

❀ 《梦泽》

微意何曾有一毫,空携笔砚奉龙韬。

自蒙半夜传衣后,不羡王祥得佩刀。

❀ 《谢书》

嵩云秦树久离居,双鲤迢迢一纸书。

休问梁园旧宾客,茂陵秋雨病相如。

❀ 《寄令狐郎中》

白道萦回入暮霞,斑骓嘶断七香车。

春风自共何人笑,枉破阳城十万家。

❀ 《无题》

欲为平生一散愁,洞庭湖上岳阳楼。

可怜万里堪乘兴,枉是蛟龙解覆舟。

❀ 《岳阳楼》

家近红蕖曲水滨，全家罗袜起秋尘。

莫将赵客千丝网，网得西施别赠人。

❋ 《寄成都高苗二从事》

汉水方城带百蛮，四邻谁道乱周班。

如何一梦高唐雨，自此无心入武关。

❋ 《岳阳楼》

六曲连环接翠帷，高楼半夜酒醒时。

掩灯遮雾密如此，雨落月明俱不知。

❋ 《屏风》

欲入卢家白玉堂，新春催破舞衣裳。

蝶衔红蕊蜂衔粉，共助青楼一日忙。

❋ 《春日》

十二楼前再拜辞，灵风正满碧桃枝。

壶中若是有天地，又向壶中伤别离。

❋ 《赠白道者》

青雀西飞竟未回，君王长在集灵台。

侍臣最有相如渴，不赐金茎露一杯。

❋ 《汉宫词》

李商隐名篇名句赏读

寿阳公主嫁时妆,八字宫眉捧额黄。

见我佯羞频照影,不知身属冶游郎。

❀ 《蝶三首》

乘兴南游不戒严,九重谁省谏书函。

春风举国裁宫锦,半作障泥半作帆。

❀ 《隋宫》

紫府仙人号宝灯,云浆未饮结成冰。

如何雪月交光夜,更在瑶台十二层。

❀ 《无题》

曾逐东风拂舞筵,乐游春苑断肠天。

如何肯到清秋日,已带斜阳又带蝉。

❀ 《柳》

身属中军少得归,木兰花尽失春期。

偷随柳絮到城外,行过水西闻子规。

❀ 《三月十日流杯亭》

潘岳无妻客为愁,新人来坐旧妆楼。

春风犹自疑联句,雪絮相和飞不休。

❀ 《过招国李家南园二首》

长亭岁尽雪如波,此去秦关路几多。

惟有梦中相近分,卧来无睡欲如何。

❀ 《过招国李家南园二首》

为有云屏无限娇,凤城寒尽怕春宵。

无端嫁得金龟婿,辜负香衾事早朝。

❀ 《为有》

外戚封侯自有恩,平明通籍九华门。

金唐公主年应小,二十君王未许婚。

❀ 《公子》

稻粱犹足活诸雏,妒敌专场好自娱。

可要五更惊晓梦,不辞风雪为阳乌。

❀ 《赋得鸡》

明神司过岂令冤,暗室由来有祸门。

莫为无人欺一物,他时须虑石能言。

❀ 《明神》

绕树无依月正高,邺城新泪溅云袍。

几年始得逢秋闰,两度填河莫告劳。

❀ 《壬申闰秋题赠乌鹊》

— 13 —

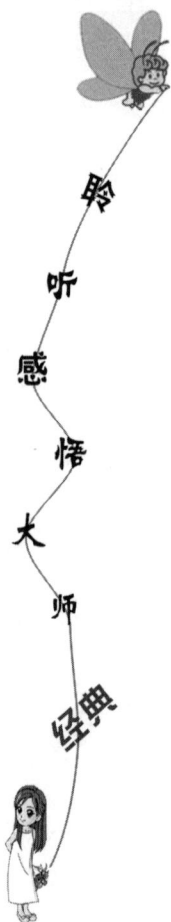

聆听感悟大师经典

李商隐名篇名句赏读

远书归梦两悠悠，只有空床敌素秋。

阶下青苔与红树，雨中寥落月中愁。

❋ 《端居》

三更三点万家眠，露欲为霜月堕烟。

斗鼠上堂蝙蝠出，玉琴时动倚窗弦。

❋ 《夜半》

北湖南埭水漫漫，一片降旗百尺竿。

三百年间同晓梦，钟山何处有龙盘？

❋ 《咏史》

日射纱窗风撼扉，香罗拭手春事违。

回廊四合掩寂寞，碧鹦鹉对红蔷薇。

❋ 《日射》

眠沙卧水自成群，曲岸残阳极浦云。

那解将心怜孔翠，羁雌长共故雄分。

❋ 《题鹅》

朝元阁迥羽衣新，首按昭阳第一人。

当日不来高处舞，可能天下有胡尘。

❋ 《华清宫》

— 14 —

梓潼不见马相如，更欲南行问酒垆。

行到巴西觅谯秀，巴西惟是有寒芜。

✿　《梓潼望长卿山至巴西复怀谯秀》

永寿兵来夜不扃，金莲无复印中庭。

梁台歌管三更罢，犹自风摇九子铃。

✿　《齐宫词》

青陵台畔日光斜，万古贞魂倚暮霞。

莫讶韩凭为蛱蝶，等闲飞上别枝花。

✿　《青陵台》

自有仙才自不知，十年长梦采华芝。

秋风动地黄云暮，归去嵩阳寻旧师。

✿　《东还》

通灵夜醮达清晨，承露盘晞甲帐春。

王母不来方朔去，更须重见李夫人。

✿　《汉宫》

惊鱼拨剌燕翩翩，独自江东上钓船。

今日春光太漂荡，谢家轻絮沈郎钱。

✿　《江东》

李商隐名篇名句赏读

任昉当年有美名，可怜才调最纵横。
梁台初建应惆怅，不得萧公作骑兵。

✻ 《读任彦升碑》

独下长亭念过秦，五松不见见舆薪。
只应既斩斯高后，寻被樵人用斧斤。

✻ 《五松驿》

山东今岁点行频，几处冤魂哭虏尘。
灞水桥边倚华表，平时二月有东巡。

✻ 《灞岸》

昔去灵山非拂席，今来沧海欲求珠。
楞伽顶上清凉地，善眼仙人亿我无。

✻ 《送臻师二首》

苦海迷途去未因，东方过此几微尘。
何当百亿莲花上，一一莲花见佛身。

✻ 《送臻师二首》

千里嘉陵江水色，含烟带月碧于蓝。
今朝相送东流后，犹自驱车更向南。

✻ 《望喜驿别喜嘉陵江水二绝》

聆 听 感 悟 大 师 经 典

欲构中天正急材，自缘烟水恋平台。

人间只有嵇延祖，最望山公启事来。

❀　《赠宇文中丞》

红露花房白蜜脾，黄蜂紫蝶两参差。

春窗一觉风流梦，却是同袍不得知。

❀　《闺情》

草下阴虫叶上霜，朱栏迢递压湖光。

兔寒蟾冷桂花白，此夜姮娥应断肠。

❀　《月夕》

本来银汉是红墙，隔得卢家白玉堂。

谁与王昌报消息，尽知三十六鸳鸯。

❀　《代应》

共上云山独下迟，阳台白道细如丝。

君今并倚三珠树，不记人间落叶时。

❀　《寄永道士》

郡斋何用酒如泉，饮德先时已醉眠。

若共门人推礼分，戴崇争得及彭宣。

❀　《华州周大夫宴席》

李商隐名篇名句赏读

压河连华势屈颜,鸟没云归一望间。

杨仆移关三百里,可能全是为荆山。

❋ 《荆山》

离思羁愁日欲晡,东周西雍此分涂。

回銮佛寺高多少,望尽黄河一曲无。

❋ 《次陕州先寄源从事》

宋玉平生恨有余,远循三楚吊三闾。

可怜留著临江宅,异代应教庾信居。

❋ 《过郑广文旧居》

路绕函关东复东,身骑征马逐惊蓬。

天池辽阔谁相待,日日虚乘九万风。

❋ 《东下三旬苦于风土马上戏作》

雪中梅下与谁期,梅雪相兼一万枝。

若是石城无艇子,莫愁还自有愁时。

❋ 《莫愁》

岖驿荒凉白竹扉,残灯向晓梦清晖。

右银台路雪三尺,凤诏裁成当直归。

❋ 《梦令狐学士》

— 18 —

聆听感悟大师经典

中路因循我所长，古来才命两相妨。

劝君莫强安蛇足，一盏芳醪不得尝。

❋《有感》

珠箔轻明拂玉墀，披香新殿斗腰支。

不须看尽鱼龙戏，终遣君王怒偃师。

❋《宫妓》

君恩如水向东流，得宠忧移失宠愁。

莫向樽前奏《花落》，凉风只在殿西头。

❋《宫辞》

山上离宫宫上楼，楼前宫畔暮江流。

楚天长短黄昏雨，宋玉无愁亦自愁。

❋《楚吟》

瑶池阿母绮窗开，黄竹歌声动地哀。

八骏日行三万里，穆王何事不重来。

❋《瑶池》

为有桥边拂面香，何曾自敢占流光。

后庭玉树承恩泽，不信年华有断肠。

❋《柳》

聆听感悟大师经典

李商隐名篇名句赏读

昔岁陪游旧迹多，风光今日两蹉跎。

不因醉本兰亭在，兼忘当年旧永和。

❋ 《寄在朝郑曹独孤李四同年》

地险悠悠天险长，金陵王气应瑶光。

休夸此地分天下，只得徐妃半面妆。

❋ 《南朝》

乘运应须宅八荒，男儿安在恋池隍。

君王自起新丰后，项羽何曾在故乡。

❋ 《题汉祖庙》

粥香饧白杏花天，省对流莺坐绮筵。

今日寄来春已老，凤楼迢递忆秋千。

❋ 《评事翁寄赐饧粥走笔为答》

国事发明属灌均，西陵魂断夜来人。

君王不得为天子，半为当时赋洛神。

❋ 《东阿王》

武皇精魄久仙升，帐殿凄凉烟雾凝。

俱是苍生留不得，鼎湖何异魏西陵。

❋ 《过景陵》

回望高城落晓河，长亭窗户压微波。

水仙欲上鲤鱼去，一夜芙蓉红泪多。

❋ 《板桥晓别》

永定河边一行柳，依依长发故年春。

东来西去人情薄，不为清阴减路尘。

❋ 《关门柳》

雌去雄飞万里天，云罗满眼泪潸然。

不须长结风波愿，锁向金笼始两全。

❋ 《鸳鸯》

叠嶂千重叫恨猿，长江万里洗离魂。

武昌若有山头石，为拂苍苔检泪痕。

❋ 《妓席暗记送同年独孤云之武昌》

只得流霞酒一杯，空中箫鼓几时回。

武夷洞里生毛竹，老尽曾孙更不来。

❋ 《武夷山》

一片琼英价动天，连城十二昔虚传。

良工巧费真为累，楮叶成来不直线。

❋ 《一片》

李商隐名篇名句赏读

百里阴云覆雪泥,行人只在雪云西。

明朝惊破还乡梦,定是陈仓碧野鸡。

✿ 《西南行却寄相送者》

羽翼殊勋弃若遗,皇天有运我无时。

庙前便接山门路,不长青松长紫芝。

✿ 《四皓庙》

相思树上合欢枝,紫凤青鸾共羽仪。

肠断秦台吹管客,日西春尽到来迟。

✿ 《相思》

新人桥上著春衫,旧主江边侧帽檐。

愿得化为红绶带,许教双凤一时衔。

✿ 《饮席代官妓赠两从事》

秋水悠悠浸墅扉,梦中来数觉来稀。

玄蝉去尽叶黄落,一树冬青人未归。

✿ 《访隐者不遇成二绝》

城郭休过识者稀,哀猿啼处有柴扉。

沧江白日樵渔路,日暮归来雨满衣。

✿ 《访隐者不遇成二绝》

黎辟滩声五月寒，南风无处附平安。

君怀一匹胡威绢，争拭酬恩泪得干。

❋ 《送郑大台文南觐》

莫将画扇出帷来，遮掩春山滞上才。

若道团圆似明月，此中须放桂花开。

❋ 《代董秀才却扇》

非关宋玉有微辞，却是襄王梦觉迟。

一自高唐赋成后，楚天云雨尽堪疑。

❋ 《有感》

骊岫飞泉泛暖香，九龙呵护玉莲房。

平明每幸长生殿，不从金舆惟寿王。

❋ 《骊山有感》

云鬓无端怨别离，十年移易住山期。

东西南北皆垂泪，却是杨朱真本师。

❋ 《别智玄法师》

长乐遥听上苑钟，彩衣称庆桂香浓。

陆机始拟夸文赋，不觉云间有士龙。

❋ 《赠孙绮新及第》

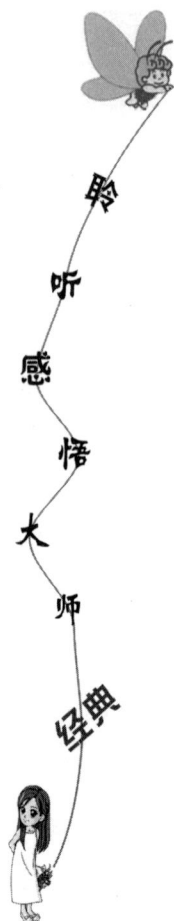

聆听感悟大师经典

李商隐名篇名句赏读

清切曹司近玉除，比来秋兴复何如。

崇文馆里丹霜后，无限红梨忆校书。

❉　《代秘书赠弘文馆诸校书》

虎踞龙蹲纵复横，星光渐减雨痕生。

不须并碍东西路，哭杀厨头阮步兵。

❉　《乱石》

日日春光斗日光，山城斜路杏花香。

几时心绪浑无事，得及游丝百尺长？

❉　《日日》

巫峡迢迢旧楚宫，至今云雨暗丹枫。

微生尽恋人间乐，只有襄王忆梦中。

❉　《过楚宫》

龙池赐酒敞云屏，羯鼓声高众乐停。

夜半宴归宫漏永，薛王沉醉寿王醒。

❉　《龙池》

小鼎煎茶面曲池，白须道士竹间棋。

何人书破蒲葵扇，记著南塘移树时。

❉　《即目》

— 24 —

聆听感悟大师经典

龙槛沉沉水殿清,禁门深掩断人声。

吴王宴罢满宫醉,日暮水漂花出城。

❋ 《吴宫》

云母屏风烛影深,长河渐落晓星沉。

嫦娥应悔偷灵药,碧海青天夜夜心。

❋ 《嫦娥》

残花啼露莫留春,尖发准非怨别人。

若但掩关劳独梦,宝钗何日不生尘。

❋ 《残花》

君到临邛问酒垆,近来还有长卿无。

金徽却是无情物,不许文君忆故夫。

❋ 《寄蜀客》

石桥东望海连天,徐福空来不得仙。

直遣麻姑与搔背,可能留命待桑田。

❋ 《海上》

平生误识白云夫,再到仙檐忆酒垆,

墙外万株人绝迹,夕阳惟照欲栖乌。

❋ 《白云夫》

聆听感悟大师经典

李商隐名篇名句赏读

莫羡仙家有上真，仙家暂谪亦千春。

月中桂树高多少，试问西河斫树人。

❀ 《同学彭道士参寥》

扇风淅沥簟流离，万里南风滞所思。

守到清秋还寂寞，叶丹苔碧闭门时。

❀ 《到秋》

孤鹤不睡云无心，衲衣笻杖来西林。

院门昼锁回廊静，秋日当阶柿叶阴。

❀ 《华师》

神仙有分岂关情，八马虚随落日行。

莫恨名姬中夜没，君王犹自不长生。

❀ 《华岳下题西王母庙》

华清别馆闭黄昏，碧草悠悠内厩内。

自是明时不巡幸，至今青海有龙孙。

❀ 《过华清内厩门》

石树鸣蝉隔岸虹，乐游原上有西风。

羲和自趁虞泉宿，不放斜阳更向东。

❀ 《乐游原》

— 26 —

聆听感悟大师经典

青女丁宁结夜霜，羲和辛苦送朝阳。

丹丘万里无消息，几对梧桐忆凤皇。

✽ 《丹丘》

万里峰峦归路迷，未判容彩借山鸡。

新春定有将雏乐，阿阁华池两处栖。

✽ 《凤》

流莺舞蝶两相欺，不敢花芳正结时。

他日未开今日谢，嘉辰长短是参差。

✽ 《樱桃花下》

饥乌翻树晚鸡啼，泣过秋原没马泥。

二纪征南恩与旧，此时丹旐玉山西。

✽ 《故驿迎吊故桂府常侍有感》

风露凄凄秋景繁，可怜荣落在朝昏。

未央宫里三千女，但保红颜莫保恩。

✽ 《槿花》

荷叶生时春恨生，荷叶枯时秋恨成。

深知身在情长在，怅望江头江水声。

✽ 《暮秋独游曲江》

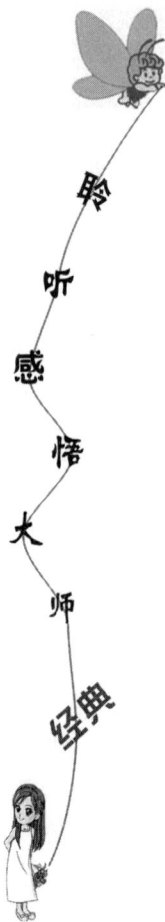

聆听 感悟 大师 经典

李商隐名篇名句赏读

黄昏封印點刑徒，愧负荆山入座隅。

却羡卞和双刖足，一生无复没阶趋。

✻　《任弘农尉献州刺史乞假还京》

佳期不定春期赊，春物夭阏兴咨嗟。

愿得句芒索青女，不教容易损年华。

✻　《赠句芒神》

偷桃窃药事难兼，十二城中锁彩蟾。

应共三英同夜赏，玉楼仍是水精帘。

✻　《月夜重寄宋华阳姊妹》

卿卿不惜锁窗春，去作长楸走马身。

闲倚绣帘吹柳絮，日高深院断无人。

✻　《访人不遇留别馆》

碧云东去雨云西，苑路高高驿路低。

秋水绿芜终尽分，夫君太骋锦障泥。

✻　《雨中长乐水馆送赵十五滂不及》

玉管葭灰细细吹，流莺上下燕参差。

日西千绕池边树，忆把枯条撼雪时。

✻　《池边》

宣室求贤访逐臣，贾生才调更无伦。

可怜夜半虚前席，不问苍生问鬼神。

❉ 《贾生》

多少分曹掌秘文，洛阳花寻梦随君。

定知何逊缘联句，每到城东忆范云。

❉ 《送王十三校书分司》

帘外辛夷定已开，开时莫放艳阳回。

年华若到经风雨，便是胡僧话劫灰。

❉ 《寄恼韩同年二首》

龙山晴雪凤楼霞，洞里迷人有几家。

我为伤春心处醉，不劳君劝石榴花。

❉ 《寄恼韩同年二首》

从来系日乏长绳，水去云回恨不胜。

欲就麻姑买沧海，一杯春露冷如冰。

❉ 《谒山》

上帝钧天会众灵，昔人因梦到青冥。

伶伦吹裂孤生竹，却为知音不得听。

❉ 《钧天》

李商隐名篇名句赏读

祝融南去万重云，清啸无因更一闻。

莫遣碧江通箭道，不教肠断忆同群。

❋ 《失猿》

花径逶迤柳巷深，小阑亭午啭春禽。

相如解作长门赋，却用文君取酒金。

❋ 《戏题友人壁》

素琴弦断酒瓶空，倚坐欹眠日已中。

谁向刘灵天幕内，更当陶令北窗风。

❋ 《假日》

姮娥捣药无时已，玉女投壶未肯休。

何日桑田俱变了，不教伊水向东流。

❋ 《寄远》

毛延寿画欲通神，忍为黄金不顾人。

马上琵琶行万里，汉宫长有隔生春。

❋ 《王昭君》

云台高议正纷纷，谁定当时荡寇勋。

日暮灞陵原上猎，李将军是故将军。

❋ 《旧将军》

十八年来堕世间，瑶池归梦碧桃闲。

如何汉殿穿针夜，又向窗中觑阿环。

❀ 《曼倩辞》

晚醉题诗赠物华，罢吟还醉忘归家。

若无江氏五色笔，争奈河阳一县花。

❀ 《县中恼饮席》

寻芳不觉醉流霞，倚树沉眠日已斜。

客散酒醒深夜后，更持红烛赏残花。

❀ 《花下醉》

小亭闲眠微醉消，山榴海柏枝相交。

水文簟上琥珀枕，傍有堕钗双翠翘。

❀ 《偶题二首》

清月依微香露轻，曲房小院多逢迎。

春丛定见饶栖鸟，饮罢莫持红烛行。

❀ 《偶题二首》

过水穿楼触处明，藏人带树远含清。

初生欲缺虚惆怅，未必圆时即有情。

❀ 《月》

李商隐名篇名句赏读

树绕池宽月影多,村砧坞笛隔风萝。

西亭翠被余香薄,一夜将愁向败荷。

❉ 《夜冷》

露寒风定不无情,临水当山又隔城。

未必明时胜蚌蛤,一生长共月亏盈。

❉ 《城外》

景阳宫井剩堪悲,不尽龙鸾誓死期。

肠断吴王宫外水,浊泥犹得葬西施。

❉ 《景阳井》

本为留侯慕赤松,汉庭方识紫芝翁。

萧何只解追韩信,岂得虚当第一功。

❉ 《四皓庙》

草堂归意背烟萝,黄绶垂腰不奈何。

因汝华阳求药物,碧松根上茯苓多。

❉ 《送阿龟归华》

东南一望日中乌,欲逐羲和去得无。

且向秦楼棠树下,每朝先觅照罗敷。

❉ 《东南》

李商隐名篇名句赏读

折戟沈沙铁未销，自将磨洗认前朝。

东风不与周郎便，铜雀春深锁二乔。

✳ 《赤壁》

碧灯秋寺泛湖来，水打城根古堞摧。

尽日伤心人不见，石榴花满旧琴台。

✳ 《游灵伽寺》

兰膏爇处心犹浅，银烛烧残焰不馨。

好向书生窗畔种，免教辛苦更囊萤。

✳ 《句》

律

诗

五言律诗

棠棣黄花发，忘忧碧叶齐。

人闲微病酒，燕重远兼泥。

混沌何由凿，青冥未有梯。

高阳旧徒侣，时复一相携。

❋ 《寄罗劭兴》

昨夜玉轮明，传闻近太清。

凉波冲碧瓦，晓晕落金茎。

露索秦宫井，风弦汉殿筝。

几时绵竹颂，拟荐子虚名。

❋ 《令狐舍人说昨夜西掖玩月因戏赠》

真人寒其内，夫子入于机。

未肯投竿起，惟欢负米归。

雪中东郭履，堂上老莱衣。

读遍先贤传，如君事者稀。

❋ 《崔处士》

李商隐名篇名句赏读

自喜蜗牛舍，兼容燕子巢。

绿筠遗粉箨，红药绽香苞。

虎过遥知阱，鱼来且佐庖。

慢行成酩酊，邻壁有松醪。

❋ 《自喜》

鬼虐朝朝避，春寒夜夜添。

未惊雷破柱，不报水齐檐。

虎箭侵肤毒，鱼钩刺骨铦。

鸟言成谍诉，多是恨彤幨。

❋ 《异俗二首》

行李逾南极，旬时到旧乡。

楚芝应遍紫，邓橘未全黄。

渠浊村春急，旗高社酒香。

故山归梦喜，先入读书堂。

❋ 《归墅》

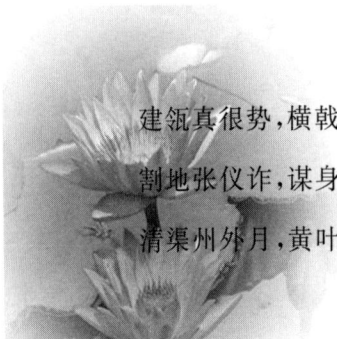

建瓴真很势，横戟岂能当。

割地张仪诈，谋身绮季长。

清渠州外月，黄叶庙前霜。

聆听感悟大师经典

今日看云意，依依入帝乡。

❋ 《商于》

夕阳归路后，霜野物声干。

集鸟翻渔艇，残虹拂马鞍。

刘桢元抱病，虞寄数辞官。

白袷经年卷，西来及早寒。

❋ 《楚泽》

本以高难饱，徒劳恨费声。

五更疏欲断，一树碧无情。

薄宦梗犹泛，故园芜已平。

烦君最相警，我亦举家清。

❋ 《蝉》

春咏敢轻裁，衔辞入半杯。

已遭江映柳，更初雪藏梅。

寡和真徒尔，殷忧动即来。

从诗得何报，惟感二毛催。

❋ 《江亭散席循柳路吟》

离居星岁易，失望死生分。

酒瓮凝余桂，书签冷旧芸。

李商隐名篇名句赏读

江风吹雁急，山木带蝉嘻。
一叫千回首，天高不为闻。

❋ 《哭刘司户二首》

白阁他年别，朱门此夜过。
疏帘留月魄，珍簟接烟波。
太守三刀梦，将军一箭歌。
国租容客旅，香熟玉山禾。

❋ 《街西池馆》

世上苍龙种，人间武帝孙。
小来惟射猎，兴罢能乾坤。
渭水天开苑，咸阳地献原。
英灵殊未已，丁傅渐华轩。

❋ 《鄠杜马上念汉书》

动春何限叶，撼晓几多枝。
解有相思否，应无不舞时。
絮飞藏皓蝶，带弱露黄鹂。
倾国宜通体，谁来独赏眉。

❋ 《柳》

昔叹谗销骨，今伤泪满膺。

空余双玉剑，无复一壶冰。

江势翻银砾，天文露玉绳。

何因携庾信，同去哭徐陵。

❋ 《闻著明凶问哭寄飞卿》

城窄山将压，江宽地共浮。

东南通绝域，西北有高楼。

神护青枫岸，龙移白石湫。

殊乡竟何祷，箫鼓不曾休。

❋ 《桂林》

茂苑城如画，阊门瓦欲流。

还依水光殿，更起月华楼。

侵夜鸾开镜，迎冬雉献裘。

从臣皆半醉，天子正无愁。

❋ 《陈后宫》

许靖犹羁宦，安仁得悼亡。

兹辰聊属疾，何日免殊方。

秋蝶无端丽，寒花只不香。

多情真命薄，容易即回肠。

❋ 《属疾》

聆听感悟大师经典

李商隐名篇名句赏读

天上参旗过，人间烛焰销。

谁言整双履，便是隔三桥。

知处黄金锁，曾来碧绮寮。

凭栏明日意，池阔雨萧萧。

❊ 《明日》

近郭西溪好，谁堪共酒壶。

苦吟防柳恽，多泪怯杨朱。

野鹤随君子，寒松揖大夫。

天涯常病意，岑寂胜欢娱。

❊ 《西溪》

章台从掩映，郢路更参差。

见说风流极，来当婀娜时。

桥回行欲断，堤远意相随。

忍放花如雪，青楼扑酒旗。

❊ 《赠柳》

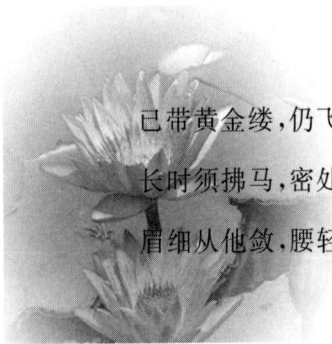

已带黄金缕，仍飞白玉花。

长时须拂马，密处少藏鸦。

眉细从他敛，腰轻莫自斜。

玟梁谁道好，偏拟映卢家。

❋ 《谑柳》

为恋巴江好，无辞瘴雾蒸。

纵能朝杜宇，可得值苍鹰。

石小虚填海，芦铦未破矰。

知来有乾鹊，何不向雕陵。

❋ 《北禽》

复壁交青琐，重帘挂紫绳。

如何一柱观，不碍九枝灯。

扇薄常规月，钗斜只镂冰。

歌成犹未唱，秦火入夷陵。

❋ 《楚宫》

气尽前溪舞，心酸子夜歌。

峡云寻不得，沟水欲如何。

朔雁传书绝，湘篁染泪多。

无由见颜色，还自托微波。

❋ 《离思》

燕体伤风力，鸡香积露文。

殷乌闲切鲜，啼笑两难分。

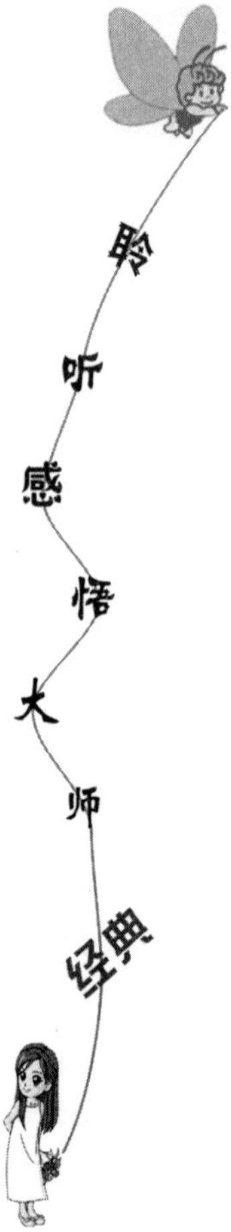

李商隐名篇名句赏读

月里宁无姊，云中亦有君。
三清与仙岛，何事亦离群。

✻ 《槿花二首》

叶叶复翻翻，斜桥对侧门。
芦花惟有白，柳絮可能温。
西子寻遗殿，昭君觅故村。
年年芳物尽，来别败兰荪。

✻ 《蝶》

萱草含丹粉，荷花抱绿房。
鸟应悲蜀帝，蝉是怨齐王。
通内藏珠府，应官解玉坊。
桥南荀令过，十里送衣香。

✻ 《韩翃舍人即事》

一盏新罗酒，凌晨恐易消。
归应冲鼓半，去不待笙调。
歌好惟愁和，香浓岂惜飘。
春场铺艾帐，下马雉媒娇。

✻ 《公子》

全溪不可到，况复尽余醅。

聆 听 感 悟 大 师 经 典

汉苑生春水,昆池换劫灰。

战蒲知雁唼,皱月觉鱼来。

清兴恭闻命,言诗未敢回。

✽ 《子初全溪作》

闻君来日下,见我最娇儿。

渐大啼应数,长贫学恐迟。

寄人龙种瘦,失母凤雏痴。

语罢休边角,青灯两鬓丝。

✽ 《杨本胜说于长安见小男阿衮》

将泥红蓼岸,得草绿杨村。

命侣添新意,安巢复旧痕。

去应逢阿母,来莫害王孙。

记取丹山凤,今为百鸟尊。

✽ 《越燕二首》

族亚齐安陆,风高汉武威。

烟波别墅醉,花月后门归。

青海闻传箭,天山报合围。

一朝携剑起,上马即如飞。

✽ 《少将》

— 45 —

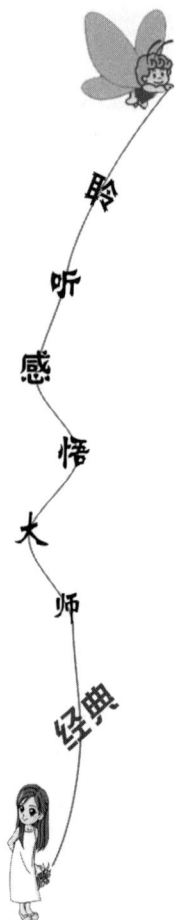

李商隐名篇名句赏读

照梁初有情,出水旧知名。

裙衩芙蓉小,钗茸翡翠轻。

锦长书郑重,眉细恨分明。

莫近弹棋局,中心最不平。

✤ 《无题》

幽人不倦赏,秋暑贵招邀。

竹碧转怅望,池清尤寂寥。

露花终裛湿,风蝶强娇饶。

此地如携手,兼君不自聊。

✤ 《无题二首》

高阁客竟去,小园花乱飞。

参差连曲陌,迢递送斜晖。

肠断未忍扫,眼穿仍欲稀。

芳心向春尽,所得是沾衣。

✤ 《落花》

大夏资轻策,全溪赠所思。

静怜穿树远,滑想过苔迟。

鹤怨朝还望,僧闲暮有期。

风流真底事,常欲傍清羸。

✤ 《赠宗鲁筇竹杖》

聘婷小苑中，婀娜曲池东。

朝佩皆垂地，仙衣尽带风。

七贤宁占竹，三品且饶松。

肠断灵和殿，先皇玉座空。

❋ 《垂柳》

李径独来数，愁情相与悬。

自明无月夜，强笑欲风天。

减粉与园箨，分香沾渚莲。

徐妃久已嫁，犹自玉为钿。

❋ 《李花》

已驾七香车，心心待晓霞。

风轻惟响珮，日薄不嫣花。

桂嫩传香远，榆高送影斜。

成都过卜肆，曾妒识灵槎。

❋ 《壬申七夕》

槭槭度瓜园，依依傍竹轩。

秋池不自冷，风叶共成喧。

窗迥有时见，檐高相续翻。

— 47 —

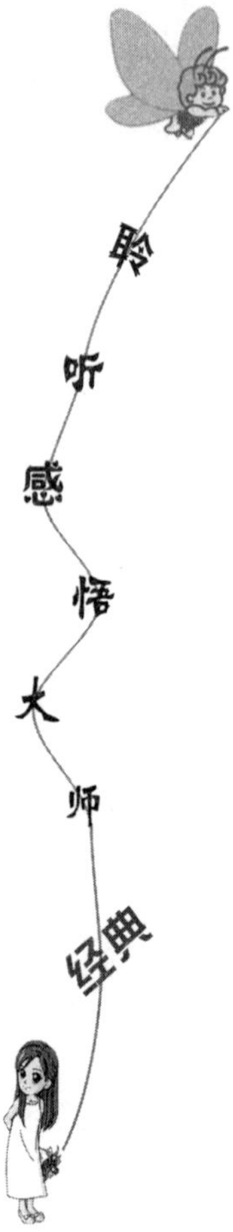

李商隐名篇名句赏读

侵宵送书雁，应为稻粱恩。

✻ 《雨》

暗暗淡淡紫，融融冶冶黄。
陶令篱边色，罗含宅里香。
几时禁重露，实是怯残阳。
愿泛金鹦鹉，升君白玉堂。

✻ 《菊》

春物岂相干，人生只强欢。
花犹曾敛夕，酒竟不知寒。
异域东风湿，中华上象宽。
此楼堪北望，轻命倚危栏。

✻ 《北楼》

千二百轻鸾，春衫瘦著宽。
倚风行稍急，含雪语应寒。
带火遗金斗，兼珠碎玉盘。
河阳看花过，曾不问潘安。

✻ 《拟沈下贤》

飞来绣户阴，穿过画楼深。
重傅秦台粉，轻涂汉殿金。

聆听感悟大师经典

相兼惟柳絮，所得是花心。

可要凌孤客，邀为子夜吟。

❋ 《蝶》

压径复缘沟，当窗又映楼。

终销一国破，不啻万金求。

鸾凤戏三岛，神仙居十洲。

应怜萱草淡，却得号忘忧。

❋ 《牡丹》

匝路亭亭艳，非时裛裛香。

素娥惟与月，青女不饶霜。

赠远虚盈手，伤离适断肠。

为谁成早秀，不待作年芳。

❋ 《十一月中旬至扶风界见梅花》

一桃复一李，井上占年芳。

笑处如临镜，窥时不隐墙。

敢言西子短，谁觉宓妃长。

珠玉终相类，同名作夜光。

都无色可并，不奈此香何。

瑶席乘凉设，金羁落晚过。

❋ 《判春》

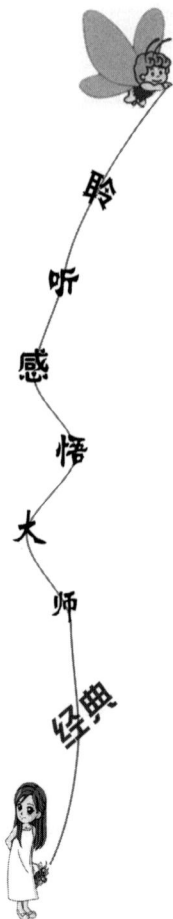

李商隐名篇名句赏读

回衾灯照绮,渡袜水沾罗。

预想前秋别,离居梦棹歌。

✿ 《荷花》

漫水任谁照,衰花浅自矜。

还将两袖泪,同向一窗灯。

桂树乖真隐,芸香不小惩。

清规无以况,且用玉壶冰。

✿ 《别薛岩宾》

拟杯当晓起,呵镜可微寒。

隔箔山樱熟,褰帷桂烛残。

书长为报晚,梦好更寻难。

影响输双蝶,偏过旧畹兰。

✿ 《晓起》

舟小回仍数,楼危凭亦频。

燕来从及社,蝶舞太侵晨。

绛雪除烦后,霜梅取味新。

年华无一事,只是自伤春。

✿ 《清河》

汋水闻贞媛,常山索锐师。

昔忧迷帝力,今分送王姬。

事等和强虏,恩殊睦本枝。

四郊多垒在,此礼恐无时。

❋ 《寿安公主出降》

贞吝嫌兹世,会心驰本原。

人非四禅缚,地绝一尘喧。

霜露欹高木,星压堕故园。

斯游傥为胜,九折幸回轩。

❋ 《明禅师院酬从兄见寄》

别地萧条极,如何更独来。

秋应为黄叶,雨不厌青苔。

沈约只能瘦,潘仁岂是才。

杂情堪底寄,惟有冷于灰。

❋ 《寄裴衡》

小苑试春衣,高楼倚暮晖。

夭桃惟是笑,舞蝶不空飞。

赤岭久无耗,鸿门犹合围。

几家缘锦字,含泪坐鸳机。

❋ 《即日》

李商隐名篇名句赏读

荒村倚废营，投宿旅魂惊。

断雁高仍急，寒溪晓更清。

昔年尝聚盗，此日颇分兵。

猜贰谁先致，三朝事始平。

※ 《淮阳路》

深居俯夹城，春去夏犹清。

天意怜幽草，人间重晚晴。

并添高阁迥，微注小窗明。

越鸟巢乾后，归飞体更轻。

※ 《晚晴》

迥拂来鸿急，斜催别燕高。

已寒休惨淡，更远尚呼号。

楚色分西塞，夷音接下牢。

归舟大外有，一为戒波涛。

※ 《风》

洞庭鱼可拾，不假更垂罾。

闹若雨前蚁，多于秋后蝇。

岂思鳞作簟，仍计腹为灯。

浩荡天池路,翱翔欲化鹏。

✤ 《洞庭鱼》

水急愁无地,山深故有云。

那通极目望,又作断肠分。

郑驿来虽及,燕台哭不闻。

犹余遗意在,许刻镇南勋。

✤ 《自南山北归经分水岭》

高桃留晚实,寻得小庭南。

矮堕绿云髻,欹危红玉簪。

惜堪充凤食,痛已被莺含。

越鸟夸香荔,齐名亦未甘。

✤ 《深树见》

竟日小桃园,休寒亦未暄。

坐莺当酒重,送客出墙繁。

啼久艳粉薄,舞多香雪翻。

犹怜未圆月,先出照黄昏。

✤ 《小桃园》

缓逐烟波起,如姑柳绵飘。

故临飞阁度,欲入回陂销。

— 53 —

李商隐名篇名句赏读

紫歌怜画扇，敝景弄柔条。

更奈天南位，牛渚宿残宵。

❋ 《齐梁晴云》

密帐真珠络，温帏翡翠装。

楚腰知便宠，宫眉正斗强。

结带悬栀子，绣领刺鸳鸯。

轻寒衣省夜，金斗熨沈香。

❋ 《效徐陵体赠更衣》

郎船安两桨，依舸动双桡。

扫黛开宫额，裁裙约楚腰。

乖期方积思，临酒欲拌娇。

莫以采菱唱，欲羡秦台箫。

❋ 《又效江南曲》

窗下寻书细，溪边坐石平。

水风醒酒病，霜日曝衣轻。

鸡黍随人设，蒲鱼得地生。

前贤无不谓，容易即遗名。

❋ 《所居》

高橙出众林，伴我向天涯。

— 54 —

客散初晴候，僧来不语时。

有风传雅韵，无雪试幽姿。

上药终相待，他年访伏龟。

❋　《高松》

酒薄吹还醒，楼危望已穷。

江皋当落日，帆席见归风。

烟带龙潭白，霞分鸟道红。

殷勤报秋意，只是有丹枫。

❋　《访秋》

桂水春犹早，昭川日正西。

虎当官道斗，猿上驿楼啼。

绳烂金沙井，松干乳洞梯。

乡音殊可骇，仍有醉如泥。

❋　《昭州》

爱君茅屋下，向晚水溶溶。

试墨书新竹，张琴和古松。

坐来闻好鸟，归去度疏钟。

明日还相见，桥南贳酒醲。

❋　《裴明府居止》

— 55 —

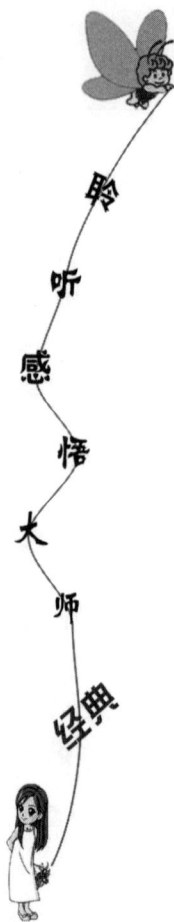

李商隐名篇名句赏读

昔去真无奈，今还岂自知。

青辞木奴橘，紫见地仙芝。

四海秋风阔，千岩暮景迟。

向来忧际会，犹有五湖期。

❉ 《陆发荆南始至商洛》

玄武开新苑，龙舟宴幸频。

渚莲参法驾，沙鸟犯句陈。

寿献金茎露，歌翻玉讨尘。

夜来江令醉，别诏宿临春。

❉ 《陈后宫》

春梦乱不记，春原登已重。

青门弄烟柳，紫阁舞云松。

拂砚轻冰散，开尊绿酎浓。

无憀托诗遣，吟罢更无憀。

❉ 《乐游原》

池光忽隐墙，花气乱侵房。

屏缘蝶留粉，窗油蜂印黄。

官书推小吏，侍史从清郎。

并马更吟去，寻思有底忙。

❉ 《赠子直花下》

李商隐名篇名句赏读

聆听感悟大师经典

柳带谁能结，花房未肯开。

空余双蝶舞，竟绝一人来。

半展龙须席，轻斟玛瑙杯。

年年春不定，虚信岁前梅。

❋ 《小园独酌》

固有楼堪倚，能无酒可倾。

岭云春沮洳，江月夜晴明。

鱼乱书何托，猿哀梦易惊。

旧居连上苑，时节正迁莺。

❋ 《思归》

桥峻斑骓疾，川长白鸟高。

烟轻惟润柳，风滥欲吹桃。

徙倚三层阁，摩挲七宝刀。

庾郎年最少，青草妒春袍。

❋ 《春游》

出宿金尊掩，从公玉帐新。

依依向余照，远远隔芳尘。

细草翻惊雁，残花伴醉人。

— 57 —

聆听感悟大师经典

李商隐名篇名句赏读

杨朱不用劝,只是更沾巾。

❊ 《离席》

短顾何由遂,迟光且莫惊。

莺能歌子夜,蝶解舞宫城。

柳讶眉双浅,桃猜粉太轻。

年华有情状,吾岂怯平生。

❊ 《俳谐》

萧洒傍回汀,依微过短亭。

气凉先动竹,点细未开萍。

稍促高高燕,微疏的的萤。

故园烟草色,仍近五门青。

❊ 《细雨》

结构何峰是,喧闲此地分。

石梁高泻月,樵路细侵云。

偃卧蛟螭室,希夷鸟兽群。

近知西岭上,玉管有时闻。

❊ 《题郑大有隐居》

卜夜容衰鬓,开筵属异方。

烛分歌扇泪,雨送酒船香。

江海三年客，乾坤百战场。

谁能辞酩酊，淹卧剧清漳。

❋ 《夜饮》

万里风来地，清江北望楼。

云通梁苑路，月带楚城秋。

刺字从漫灭，归途尚阻修。

前程更烟水，吾道岂淹留。

❋ 《江上》

客去波平槛，蝉休露满枝。

永怀当此节，倚立自移时。

北斗兼春远，南陵寓使迟。

天涯占梦数，疑误有新知。

❋ 《凉思》

旧镜鸾何处，衰桐凤不栖。

金钱饶孔雀，锦段落山鸡。

王子调清管，天人降紫泥。

岂无云路分，相望不应迷。

❋ 《鸾凤》

忆奉莲花座，兼闻贝叶经。

聆听感悟大师经典

李商隐名篇名句赏读

岩光分蜡屐，涧响入铜瓶。

日下徒推鹤，天涯正对萤。

鱼山羡曹植，眷属有文星。

❋ 《奉寄安国大师兼简子蒙》

危亭题竹粉，曲沼嗅荷花。

数日同携酒，平明不在家。

寻幽殊未极，得句总堪夸。

强下西楼去，西楼倚暮霞。

❋ 《闲游》

桐槿日零落，雨余方寂寥。

枕寒庄蝶去，窗冷胤萤销。

取适琴将酒，忘名牧与樵。

平生有游旧，一一在烟霄。

❋ 《秋日晚思》

地胜遗尘事，身闲念岁华。

晚晴风过竹，深夜月当花。

石乱如泉咽，苔荒任径斜。

陶然恃琴酒，忘却在山家。

❋ 《春宵自遣》

聆听感悟大师经典

宝婺摇珠佩，常娥照玉轮。

灵归天上匹，巧遗世间人。

花果香千户，笙竽滥四邻。

明朝晒犊鼻，方信阮家贫。

❋ 《七夕偶题》

羽翼摧残日，郊园寂寞时。

晓鸡惊树雪，寒鹜守冰池。

急景忽云暮，颓年寝已衰。

如何匡国分，不与夙心期。

❋ 《幽居冬暮》

拱木临周道，荒庐积古苔。

鱼因感姜出，鹤为吊陶来。

两鬓蓬常乱，双眸血不开。

圣朝敦尔类，非独路人哀。

❋ 《过姚孝子庐偶书》

驿途仍近节，旅宿倍思家。

独夜三更月，空庭一树花。

介山当驿秀，汾水绕关斜。

自怯春寒苦，那堪禁火赊。

❋ 《寒食行次冷泉驿》

李商隐名篇名句赏读

灵岳几千仞,老松逾百寻。

攀崖仍躞壁,噉叶复眠阴。

海上呼三岛,斋中戏五禽。

唯应逢阮籍,长啸作鸾音。

❋ 《寄华岳孙逸》

延陵留表墓,岘首送沈碑。

敢伐不加点,犹当无愧辞。

百生终莫报,九死谅难追。

待得生金后,川原亦几移。

❋ 《撰彭阳公志文毕有感》

残阳西入崦,茅屋访孤僧。

落叶人何在,寒云路几层。

独敲初夜磬,闲倚一枝藤。

世界微尘里,吾宁爱与憎。

❋ 《北青萝》

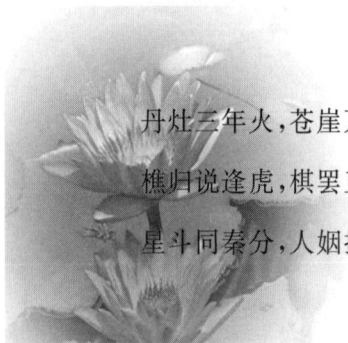

丹灶三年火,苍崖万岁藤。

樵归说逢虎,棋罢正留惜。

星斗同秦分,人姻接汉陵。

东流清渭苦，不尽照衰兴。

❋ 《幽人》

捧月三更断，藏星七夕明。

才闻飘迥路，旋见隔重城。

潭暮随龙起，河秋压雁声。

只应惟宋玉，知是楚神名。

❋ 《咏云》

东府忧春尽，西溪许日曛。

月澄新涨水，星见欲销云。

柳好休作别，松高莫出群。

军书虽倚马，犹未当能文。

❋ 《夜出西溪》

薄叶风才倚，枝轻雾不胜。

开先如避客，色浅为依僧。

粉壁正荡水，绀帏初卷灯。

倾城惟待笑，要裂几多缯。

❋ 《僧院牡丹》

万古商于地，凭君泣路岐。

固难寻绮季，可得信张仪。

李商隐名篇名句赏读

雨气燕先觉，叶阴蝉遽知。

望乡尤忌晚，山晚更参差。

✽ 《送丰都李尉》

路到层峰断，门依老树开。

月从平楚转，泉自上方来。

薤白罗朝馔，松黄暖夜杯。

相留笑孙绰，空解赋天台。

✽ 《访隐》

薄宦仍多病，从知竟远游。

谈谐叨客礼，休浣接冥搜。

树好频移榻，云奇不下楼。

岂关无景物，自是有乡愁。

✽ 《寓兴》

旧隐无何别，归来始更悲。

难寻白道士，不见惠禅师。

草径虫鸣急，沙渠水下迟。

却将波浪眼，清晓对红梨。

✽ 《归来》

胜概殊江右，佳名逼渭川。

虹收青嶂雨，鸟没夕阳天。

客鬓行如此，沧波坐渺然。

此中真得地，漂荡钓鱼船。

❊ 《河清与赵氏昆季宴集得拟杜工部》

园桂悬心碧，池莲饫眼红。

此生真远客，几别即衰翁。

小幌风烟入，高窗雾雨通。

新知他日好，锦瑟傍朱栊。

❊ 《寓目》

庙列前峰迥，楼开四望穷。

岭巀岚色外，陂雁夕阳中。

弱柳千条露，衰荷一面风。

壶关有狂孽，速继老生功。

❊ 《登霍山驿楼》

薄宦频移疾，当年久深居。

哀同庾开府，瘦极沈尚书。

城绿新阴远，江清返照虚。

所思帷翰墨，从古待双鱼。

❊ 《有怀在蒙飞卿》

— 65 —

李商隐名篇名句赏读

睥睨江雅集,堂皇海燕过。

减衣怜蕙若,展帐动烟波。

日烈忧花甚,风长奈柳何。

陈遵容易学,身世醉时多。

❋ 《春深脱衣》

何时粉署仙,傲兀遂戎旃。

关塞犹传箭,江湖莫系船。

欲收棋子醉,竟把钓车眠。

谢眺真堪忆,多才不忌前。

❋ 《怀求古翁》

有客虚投笔,无憀独上城。

沙禽失侣远,江树著阴轻。

边遽稽天讨,军须竭地征。

贾生游刃极,作赋又论兵。

❋ 《城上》

如有瑶台客,相难复索归。

芭蕉开绿扇,菡萏荐红衣。

浦外传光远,灯中结响微。

良宵一寸焰,回首是重帏。

❋ 《如有》

莲后红何患，梅先白莫夸。

才飞建章火，又落赤城霞。

不卷锦步障，未登油壁车。

日西相对罢，休浣向天涯。

❀ 《朱槿花二首》

含泪坐春宵，闻君欲度辽。

绿池荷叶嫩，红砌杏花娇。

曙月当窗满，征云出塞遥。

画楼终日闭，清客为谁调。

❀ 《清夜怨》

汉苑残花别，吴江盛夏来。

惟看万树谷，不见一枝开。

水色饶湘浦，滩声怯建溪。

泪流回月上，可得更猿啼。

❀ 《龙丘途中》

聆听感悟大师经典

— 67 —

七言律诗

舍生求道有前踪，乞脑剜身结愿重。

大去便应欺粟颗，小来兼可隐针锋。

蚌胎未满思新桂，琥珀初成忆旧松。

若信贝多真实语，三生同听一楼钟。

❉ 《题僧壁》

锦瑟无端五十弦，一弦一柱思华年。

庄生晓梦迷蝴蝶，望帝春心托杜鹃。

沧海月明珠有泪，蓝田日暖玉生烟。

此情可待成追忆，只是当时已惘然。

❉ 《锦瑟》

白石岩扉碧藓滋，上清沦谪得归迟。

一春梦雨常飘瓦，尽日灵风不满旗。

萼绿华来无定所，杜兰香去未移时。

李商隐名篇名句赏读

玉郎会此通仙籍,忆向天阶问紫芝。

✻ 《重过圣女祠》

潭州官舍暮楼空,今古无端入望中。

湘泪浅深滋竹色,楚歌重叠怨兰丛。

陶公战舰空滩雨,贾傅承尘破庙风。

目断故园人不至,松醪一醉与谁同。

✻ 《潭州》

江风扬浪动云根,重碇危樯白日昏。

已断燕鸿初起势,更惊骚客后归魂。

汉廷急诏谁先入,楚路高歌自欲翻。

万里相逢欢复泣,凤巢西隔九重门。

✻ 《赠刘司户蕡》

玄武湖中玉漏催,鸡鸣埭口绣襦回。

谁言琼树朝朝见,不及金莲步步来。

敌国军营漂木柹,前朝神庙锁烟煤。

满宫学士皆颜色,江令当年只费才。

✻ 《南朝》

年少因何有旅愁,欲为东下更西游。

一条雪浪吼巫峡,千里火云烧益州。

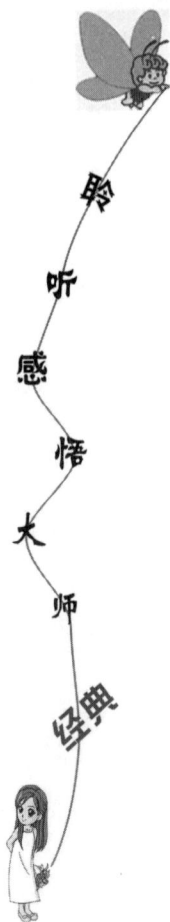

聆听感悟大师经典

李商隐名篇名句赏读

卜肆至今多寂寞,洒垆从古擅风流。

浣花笺纸桃花色,好好题诗咏玉钩。

❀ 《送崔珏往西川》

水精如意玉连环,下蔡城危莫破颜。

红绽樱桃含白雪,断肠声里唱阳关。

白日相思可奈何,严城清夜断经过。

只知解道春来瘦,不道春来独自多。

❀ 《赠歌妓二首》

秘殿崔嵬拂彩霓,曹司今在殿东西。

赓歌太液翻黄鹄,从猎陈仓获碧鸡。

晓饮岂知金掌迥,夜吟应讶玉绳低。

钧天虽许人间听,阊阖门多梦自迷。

❀ 《寄令狐学士》

上帝深宫闭九阍,巫咸不下问衔冤。

黄陵别后春涛隔,溢浦书来秋雨翻。

只有安仁能作诔,何曾宋玉解招魂!

平生风义兼师友,不敢同君哭寝门。

❀ 《哭刘蕡》

聆听感悟大师经典

外戚平羌第一功，生年二十有重封。

直登宣室螭头上，横过甘泉豹尾中。

别馆觉来云雨梦，后门归去蕙兰丛。

灞陵夜猎随田窦，不识寒郊自转蓬。

❀ 《少年》

郁金堂北画楼东，换骨神方上药通。

露气暗连青桂苑，风声偏猎紫兰丛。

长筹未必输孙皓，香枣何劳同石崇。

忆事怀人兼得句，翠衾归卧绣帘中。

❀ 《药转》

人生何处不离群，世路干戈惜暂分。

雪岭未归天外使，松州犹驻殿前军。

座中醉客延醒客，江上晴云杂雨云。

美酒成都堪送老，当垆仍是卓文君。

❀ 《杜工部蜀中离席》

紫泉宫殿锁烟霞，欲取芜城作帝家。

玉玺不缘归日角，锦帆应是到天涯。

于今腐草无萤火，终古垂杨有暮鸦。

地下若逢陈后主，岂宜重问《后庭花》！

❀ 《隋宫》

— 71 —

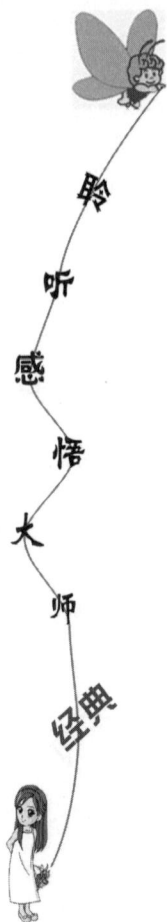

二月二日江上行，东风日暖闻吹笙。

花须柳眼各无赖，紫蝶黄蜂俱有情。

万里忆归元亮井，三年从事亚夫营。

新滩莫悟游人意，更作风檐夜雨声。

✳ 《二月二日》

一岁林花即日休，江间亭下怅淹留。

重吟细把真无奈，已落犹开未放愁。

山色正来衔小苑，春阴只欲傍高楼。

金鞍忽散银壶漏，更醉谁家白玉钩。

✳ 《即日》

历览前贤国与家，成由勤俭破由奢。

何须琥珀方为枕，岂得真珠始是车。

运去不逢青海马，力穷难拔蜀山蛇。

几人曾预南薰曲，终古苍梧哭翠华。

✳ 《咏史》

昨夜星辰昨夜风，画楼西畔桂堂东。

身无彩凤双飞翼，心有灵犀一点通。

隔座送钩春酒暖，分曹射覆蜡灯红。

嗟余听鼓应官去，走马兰台类断蓬。

❉ 《无题二首》

来是空言去绝踪，月斜楼上五更钟。

梦为远别啼难唤，书被催成墨未浓。

蜡照半笼金翡翠，麝熏微度绣芙蓉。

刘郎已恨蓬山远，更隔蓬山一万重！

❉ 《无题四首》

飒飒东风细雨来，芙蓉塘外有轻雷。

金蟾啮锁烧香入，玉虎牵丝汲井回。

贾氏窥帘韩掾少，宓妃留枕魏王才。

春心莫共花争发，一寸相思一寸灰。

❉ 《无题四首》

佳兆联翩遇凤凰，雕文羽帐紫金床。

桂花香处同高第，柿叶翻时独悼亡。

乌鹊失栖长不定，鸳鸯何事自相将。

京华庸蜀三千里，送到咸阳见夕阳。

❉ 《赴职梓潼留别畏之员外同年》

日下繁香不自持，月中流艳与谁期。

迎忧急鼓疏钟断，分隔休灯灭烛时。

李商隐名篇名句赏读

张盖欲判江滟滟,回头更望柳丝丝。

从来此地黄昏散,未信河梁是别离。

❋ 《曲池》

相见时难别亦难,东风无力百花残。

春蚕到死丝方尽,蜡炬成灰泪始干。

晓镜但愁云鬓改,夜吟应觉月光寒。

蓬山此去无多路,青鸟殷勤为探看。

❋ 《无题》

碧城十二曲阑干,犀辟尘埃玉辟寒。

阆苑有书多附鹤,女床无树不栖鸾。

星沉海底当窗见,雨过河源隔座看。

若是晓珠明又定,一生长对水精盘。

❋ 《碧城三首》

对影闻声已可怜,玉池荷叶正田田。

不逢萧史休回首,莫见洪崖又拍肩。

紫凤放娇衔楚佩,赤鳞狂舞拨湘弦。

鄂君怅望舟中夜,绣被焚香独自眠。

❋ 《碧城三首》

七夕来时先有期,洞房帘箔至今垂。

玉轮顾兔初生魄，铁网珊瑚未有枝。

检与神方教驻景，收将凤纸写相思。

武皇内传分明在，莫道人间总不知。

❋ 《碧城三首》

小苑华池烂熳通，后门前槛思无穷。

宓妃腰细才胜露，赵后身轻欲倚风。

红壁寂寥崖蜜尽，碧帘迢递雾巢空。

青陵粉蝶休离恨，长定相逢二月中。

❋ 《蜂》

恐是仙家好别离，故教迢递作佳期。

由来碧落银河畔，可要金风玉露时。

清漏渐移相望久，微云未接过来迟。

岂能无意酬乌鹊，惟与蜘蛛乞巧丝。

❋ 《辛未七夕》

玉山高与阆风齐，玉水清流不贮泥。

何处更求回日驭，此中兼有上天梯。

珠容百斛龙休睡，桐拂千寻凤要栖。

闻道神仙有才子，赤箫吹罢好相携。

❋ 《玉山》

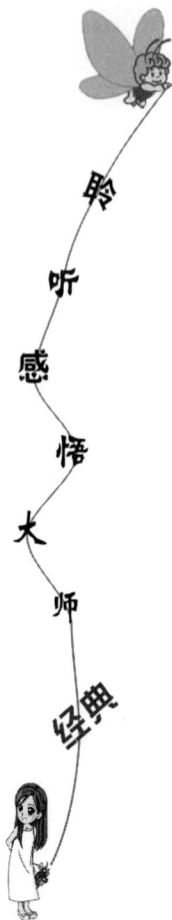

聆听感悟大师经典

李商隐名篇名句赏读

一片非烟隔九枝，蓬峦仙仗俨云旗。

天泉水暖龙吟细，露畹春多凤舞迟。

榆荚散来星斗转，桂花寻去月轮移。

人间桑海朝朝变，莫遣佳期更后期。

�֍　《一片》

知访寒梅过野塘，久留金勒为回肠。

谢郎衣袖初翻雪，荀令熏炉更换香。

何处拂胸资蝶粉，几时涂额藉蜂黄。

维摩一室虽多病，亦要天花作道场。

✖　《酬崔八早梅有赠兼示之作》

促漏遥钟去静闻，报章重叠杳难分。

舞鸾镜匣收残黛，睡鸭香炉换夕熏。

归去定知还向月，梦来何处更为云。

南塘渐暖蒲堪结，两两鸳鸯护水纹。

✖　《促漏》

幸会东城宴未回，年华忧共水相催。

梁家宅里秦宫入，赵后楼中赤凤来。

冰簟且眠金镂枕，琼筵不醉玉交杯。

宓妃愁坐芝田馆，用尽陈王八斗才。

✖　《可叹》

— 76 —

七国三边未到忧，十三身袭富平侯。

不收金弹抛林外，却惜银床在井头。

采树转灯珠错落，绣檀回枕玉雕锼。

当关不报侵晨客，新得佳人字莫愁。

❋ 《富平少侯》

一树浓姿独看来，秋庭暮雨类轻埃。

不先摇落应为有，已欲别离休更开。

桃绶含情依露井，柳绵相忆隔章台。

天涯地角同荣谢，岂要移根上苑栽。

❋ 《临发崇让宅紫薇》

怅望银河吹玉笙，楼寒院冷接平明。

重衾幽梦他年断，别树羁雌昨夜惊。

月榭故香因雨发，风帘残烛隔霜清。

不须浪作缑山意，湘瑟秦箫自有情。

❋ 《银河吹笙》

海燕参差沟水流，同君身世属离忧。

相携花下非秦赘，对泣春天类楚囚。

碧草暗侵穿苑路，珠帘不卷枕江楼。

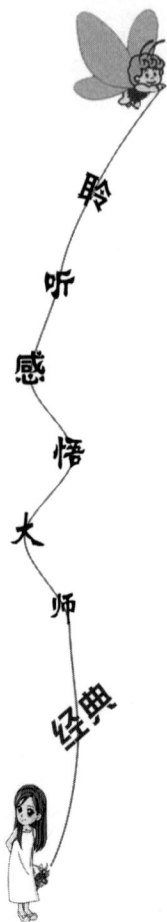

李商隐名篇名句赏读

莫惊五胜埋香骨，地下伤春亦白头。

❋ 《与同年李定言曲水闲话戏作》

敛笑凝眸意欲歌，高云不动碧嵯峨。

铜台罢望归何处，玉辇忘还事几多。

青冢路边南雁尽，细腰宫里北人过。

此声肠断非今日，香炷灯光奈尔何。

❋ 《闻歌》

一丈红蔷拥翠筠，罗窗不识绕街尘。

峡中寻觅长逢雨，月里依稀更有人。

虚为错刀留远客，枉缘书札损文鳞。

遥知小阁还斜照，羡杀乌龙卧锦茵。

❋ 《题二首后重有戏赠任秀才》

玉帐牙旗得上游，安危须共主君忧。

窦融表已来关右，陶侃军宜次石头。

岂有蛟龙愁失水，更无鹰隼与高秋！

昼号夜哭兼幽显，早晚星关雪涕收？

❋ 《重有感》

绛节飘飘宫国来，中元朝拜上清回。

羊权须得金条脱，温峤终虚玉镜台。

— 78 —

李商隐名篇名句赏读

曾省惊眠闻雨过，不知迷路为花开。

有娀未抵瀛洲远，青雀如何鸩鸟媒。

❋ 《中元作》

羁绪鳏鳏夜景侵，高窗不掩见惊禽。

飞来曲渚烟方合，过尽南塘树更深。

胡马嘶和榆塞笛，楚猿吟杂橘村砧。

失群挂木知何限，远隔天涯共此心。

❋ 《宿晋昌亭闻惊禽》

蓬岛烟霞阆苑钟，三官笺奏附金龙。

茅君奕世仙曹贵，许掾全家道气浓。

绛简尚参黄纸案，丹炉犹用紫泥封。

不知他日华阳洞，许上经楼第几重。

❋ 《郑州献从叔舍人裒》

白石莲花谁所共，六时长捧佛前灯。

空庭苔藓饶霜露，时梦西山老病僧。

大海龙宫无限地，诸天雁塔几多层。

漫夸鹙子真罗汉，不会牛车是上乘。

❋ 《题白石莲花寄楚公》

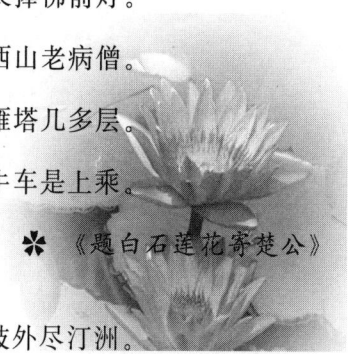

迢递高城百尺楼，绿杨枝外尽汀洲。

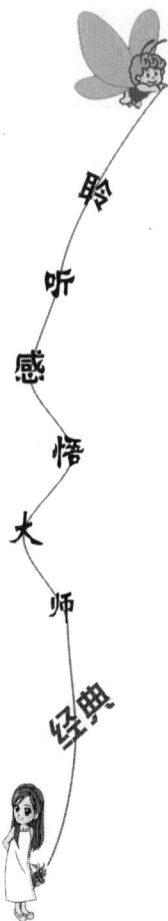

李商隐名篇名句赏读

贾生年少虚垂泪，王粲春来更远游。

永忆江湖归白发，欲回天地入扁舟。

不知腐鼠成滋味，猜意鹓鶵竟未休。

✻ 《安定城楼》

消息东郊木帝回，宫中行乐有新梅。

沈香甲煎为庭燎，玉液琼苏作寿杯。

遥望露盘疑是月，远闻箫鼓欲惊雷。

昭阳第一倾城客，不踏金莲不肯来。

✻ 《隋宫守岁》

汉家天马出蒲梢，苜蓿榴花遍近郊。

内苑只知含凤觜，属车无复插鸡翘。

玉桃偷得怜方朔，金屋修成贮阿娇。

谁料苏卿老归国，茂陵松柏雨萧萧。

✻ 《茂陵》

永巷长年怨绮罗，离情终日思风波。

湘江竹上痕无限，岘首碑前洒几多？

人去紫台秋入塞，兵残楚帐夜闻歌。

朝来灞水桥边问，未抵青袍送玉珂！

✻ 《泪》

流莺漂荡复参差，度陌临流不自持。

巧啭岂能无本意，良辰未必有佳期。

风朝露夜阴晴里，万户千门开闭时。

曾苦伤春不忍听，凤城何处有花枝？

❋　《流莺》

芦叶梢梢夏景深，邮亭暂欲洒尘襟。

昔年曾是江南客，此日初为关外心。

思子台边风自急，玉娘湖上月应沈。

清声不远行人去，一世荒城伴夜砧。

❋　《出关宿盘豆馆对丛芦有感》

星使追还不自由，双童捧上录琼輈。

九枝灯下朝金殿，三素云中侍玉楼。

凤女颠狂成久别，月娥孀独好同游。

当时若爱韩公子，埋骨成灰恨未休。

❋　《和韩录事送宫人入道》

怅望人间万事违，私书幽梦约忘机。

荻花村里鱼标在，石藓庭中鹿迹微。

幽径定携僧共入，寒塘好与月相依。

城中猘犬憎兰佩，莫损幽芳久不归。

❋　《赠从史阎之》

李商隐名篇名句赏读

楼上春云水底天,五云章色破巴笺。

诸生个个王恭柳,从事人人庾杲莲。

六曲屏风江雨急,九枝灯檠夜珠圆。

深惭走马金牛路,骤和陈王白玉篇。

❈ 《行至金牛驿寄兴元渤海尚书》

不拣花朝与雪朝,五年从事霍嫖姚。

君缘接座交珠履,我为分行近翠翘。

楚雨含情皆有托,漳滨卧病竟无憀。

长吟远下燕台去,惟有衣香染未销。

❈ 《梓州罢吟寄同舍》

昨日紫姑神去也,今朝青鸟使来赊。

未容言语还分散,少得团圆足怨嗟。

二八月轮蟾影破,十三弦柱雁行斜。

平明钟后更何事,笑倚墙边梅树花。

❈ 《昨日》

人高诗苦滞夷门,万里梁王有旧国。

烟幌自应怜白纻,月楼谁伴咏黄昏。

露桃涂颊依苔井,风柳夸腰住水村。

苏小小坟今在否，紫兰香径与招魂。

✿ 《汴上送李郢之苏州》

伊人卜筑自幽深，桂巷杉篱不可寻。

柱上雕虫对书字，槽中瘦马仰听琴。

求之流辈岂易得，行矣关山方独吟。

赊取松醪一斗酒，与君相伴洒烦襟。

✿ 《复至裴明府所居》

莫恃金汤忽太平，草间霜露古今情。

空糊赪壤真何益，欲举黄旗竟未成。

长乐瓦飞随水逝，景阳钟堕失天明。

回头一吊箕山客，始信逃尧不为名。

✿ 《览古》

看山对酒君思我，听鼓离城我访君。

腊雪已添墙下水，斋钟不散槛前云。

阴移竹泊浓还淡，歌杂渔樵断更闻。

亦拟村南买烟舍，子孙相约事耕耘。

✿ 《子初郊墅》

西归万众几时回，哀痛天书近已裁。

文吏何曾重刀笔，将军犹自舞轮台。

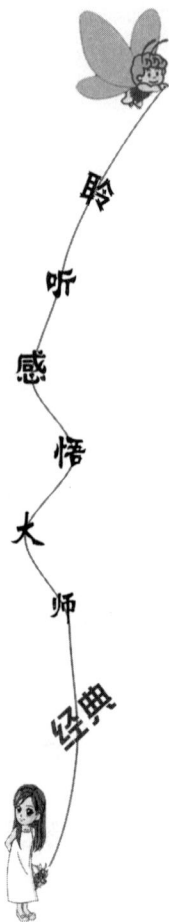

李商隐名篇名句赏读

几时拓土成王道，从古穷兵是祸胎。

陛下好生千万寿，玉楼长御白云杯。

❋ 《汉南书事》

密迩联阳接上兰，秦楼鸳瓦汉宫盘。

池光不定花光乱，日气初涵露气干。

但觉游蜂饶舞蝶，岂知孤凤忆离鸾。

三星自转三山远，紫府程遥碧落宽。

❋ 《当句有对》

井络天彭一掌中，漫夸天设剑为峰。

阵图东聚燕江石，边柝西悬雪岭松。

堪叹故君成杜宇，可能先主是真龙。

将来为报奸雄辈，莫向金牛访旧踪。

❋ 《井络》

燕雁迢迢隔上林，高秋望断正长吟。

人间路有潼江险，天外山惟玉垒深。

日向花间留返照，云从城上结层阴。

三年已制思乡泪，更入新年恐不禁。

❋ 《写意》

何事荆台百万家，惟教宋玉擅才华。

聆 听 感 悟 大 师 经 典

楚辞已不饶唐勒,风赋何曾让景差。

落日渚宫供观阁,开年云梦送烟花。

可怜庾信寻荒径,犹得三朝托后车。

❀ 《宋玉》

籍籍征西万户侯,新缘贵婿起朱楼。

一名我漫居先甲,千骑君翻在上头。

云路招邀回采凤,天河迢递笑牵牛。

南朝禁脔无人近,瘦尽琼枝咏四愁。

❀ 《韩同年新居饯韩西迎家室戏赠》

思牢弩箭磨青石,绣额蛮渠三虎力。

寻潮背日伺泅鳞,贝阙夜移黥失色。

纤纤粉箨馨香饵,绿鸭回塘养龙水。

含冰汉语远于天,何由回作金盘死。

❀ 《射鱼曲》

俱识孙公与谢公,二年歌哭处还同。

已叨邹马声华末,更共刘卢族望通。

南省恩深宾馆在,东山事往妓楼空。

不堪岁暮相逢地,我欲西征君又东。

❀ 《赠赵协律皙》

李商隐名篇名句赏读

密锁重关掩绿苔，廊深阁迥此徘徊。

先知风起月含晕，尚自露寒花未开。

蝙拂帘旌终展转，鼠翻窗网小惊猜。

背灯独共馀香语，不觉犹歌《起夜来》。

❋ 《正月崇让宅》

望断平时翠辇过，空闻子夜鬼悲歌。

金舆不返倾城色，玉殿犹分下苑波。

死忆华亭闻唳鹤，老忧王室泣铜驼。

天荒地变心虽折，若比阳春意未多。

❋ 《曲江》

江南江北雪初消，漠漠轻黄惹嫩条。

灞岸已攀行客手，楚宫先骋舞姬腰。

清明带雨临官道，晚日含风拂野桥。

如线如丝正牵恨，王孙归路一何遥。

❋ 《柳》

怜君孤秀植庭中，细叶轻阴满座风。

桃李盛时虽寂寞，雪霜多后始青葱。

一年几变枯荣事，百尺方资柱石功。

为谢西园车马客，定悲摇落尽成空。

❋ 《题小松》

聆听感悟大师经典

多病欣依有道邦,南塘宴起想秋江。

卷帘飞燕还拂水,开户暗虫犹打窗。

更阅前题已披卷,仍斟昨夜未开缸。

谁人为报故交道,莫惜鲤鱼时一双。

❋　《水斋》

文王喻复今朝是,子晋吹笙此日同。

舜格有苗旬太远,周称流火月难穷。

镂金作胜传荆俗,剪彩为人起晋风。

独想道衡诗思苦,离家恨得二年中。

❋　《人日即事》

世间荣落重逡巡,我独丘园坐四春。

纵使有花兼有月,可堪无酒又无人。

青袍似草年年定,白发如丝日日新。

欲逐风波千万里,未知何路到龙津。

❋　《春日寄怀》

白社幽闲君暂居,青云器业我全疏。

看封谏草归鸾掖,尚贲衡门待鹤书。

莲嶂碧峰关路近,荷翻翠扇水堂虚。

李商隐名篇名句赏读

自探典籍忘名利，敲枕时惊落蠹鱼。

✻ 《和刘评事永乐闲居见寄》

陶诗只采黄金实，郢曲新传白雪英。

素色不同篱下发，繁花疑自月中生。

浮杯小摘开云母，带露全移缀水精。

偏称含香五字客，从兹得地始芳荣。

✻ 《和马郎中移白菊见示》

万里风波一叶舟，忆归初罢更夷犹。

碧江地没元相引，黄鹤沙边亦少留。

益德冤魂终报主，阿童高义镇横秋。

人生岂得长无谓，怀古思乡共白头。

✻ 《无题》

下苑他年未可追，西州今日忽相期。

水亭暮雨寒犹在，罗荐春香暖不知。

舞蝶殷勤收落蕊，佳人惆怅卧遥帷。

章台街里芳菲伴，且问宫腰损几枝。

✻ 《回中牡丹为雨所败二首》

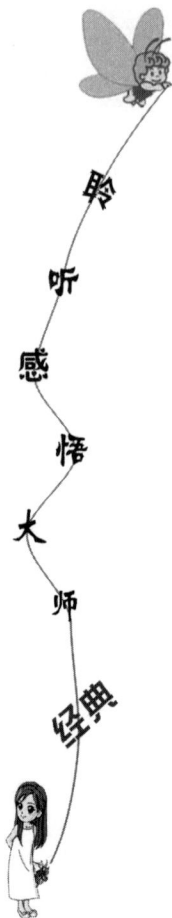

长

律

此去三梁远，今来万里携。

西施因网得，秦客被花迷。

可在青鹦鹉，非关碧野鸡。

约眉怜翠羽，刮目想金篦。

瘴气笼飞远，蛮花向坐低。

轻于赵皇后，贵极楚悬黎。

❋ 《和孙朴韦蟾孔雀咏》

望郎临古郡，佳句洒丹青。

应自丘迟宅，仍过柳恽汀。

封来江渺渺，信去雨冥冥。

句曲闻仙诀，临川得佛经。

朝吟揩客枕，夜读漱僧瓶。

不见衔芦雁，空流腐草萤。

士宜悲坎井，天怒识雷霆。

象卉分疆近，蚊涎浸岸腥。

补羸贪紫桂，负气托青萍。

万里悬离抱，危于讼合铃。

❋ 《酬令狐郎中见寄》

碧瓦衔珠树，红轮结绮寮。

无双汉殿鬓，第一楚宫腰。

雾唾香难尽，珠啼冷易销。

李商隐名篇名句赏读

歌从雍门学,酒是蜀城烧。

柳暗将翻巷,荷敧正抱桥。

钿辕开道入,金管隔邻调。

❋ 《碧瓦》

有怀非惜恨,不奈寸肠何。

即席回弥久,前时断固多。

热应翻急烧,冷欲彻微波。

隔树澌澌雨,通池点点荷。

倦程山向背,望国阙嵯峨。

故念飞书及,新欢借梦过。

染筠休伴泪,绕雪莫追歌。

疑问阳台事,年深楚语讹。

❋ 《肠》

上国昔相值,亭亭如欲言。

异乡今暂赏,脉脉岂无恩。

援少风多力,墙高月有痕。

为含无限意,遂对不胜繁。

仙子玉京路,主人金谷园。

见时辞碧落,准伴过黄昏。

镜拂铅华腻,炉藏桂烬温。

终应催竹叶,先拟咏桃根。

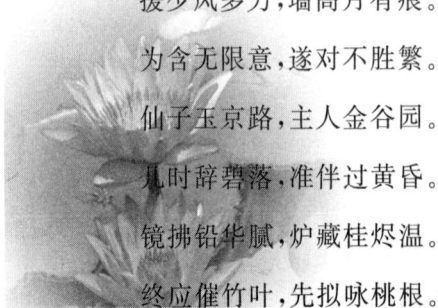

李商隐名篇名句赏读

莫学啼成血，从教梦寄魂。

吴王采香径，失路入烟村。

※ 《杏花》

何处无佳梦，谁人不隐忧。

影随帘押转，光信簟文流。

客自胜潘岳，侬今定莫愁。

固应留半焰，回照下帏羞。

※ 《灯》

麝重愁风逼，罗疏畏月侵。

怨魂迷恐断，娇喘细疑沈。

数急芙蓉带，频抽翡翠簪。

柔情终不远，遥妒已先深。

浦冷鸳鸯去，园空蛱蝶寻。

蜡花长递泪，筝柱镇移心。

觅使嵩云暮，回头灞岸阴。

只闻凉叶院，露井近寒砧。

※ 《独居有怀》

镜槛芙蓉入，香台翡翠过。

拨弦惊火凤，交扇拂天鹅，

隐忍阳城笑，喧传郢市歌。

仙眉琼作叶，佛髻钿为螺。

— 93 —

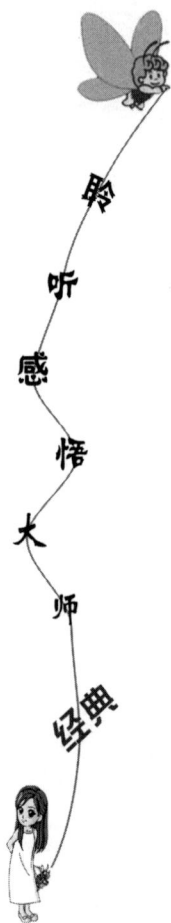

李商隐名篇名句赏读

五里无因雾，三秋只见河。
月中供药剩，海上得绡多。
玉集胡沙割，犀留圣水磨。
斜门窗戏蝶，小阁锁飞蛾

✽ 《镜槛》

杳蔼逢仙迹，苍茫滞客途。
何年归碧落，此路向皇都。
消息期青雀，逢迎异紫姑。
肠回楚国梦，心断汉宫巫。
从骑裁寒竹，行车荫白榆。
星娥一去后，月姊更来无。
寡鹄迷苍壑，羁凰怨翠梧。
惟应碧桃下，方朔是狂夫。

✽ 《圣女祠》

忆得前年春，未语含悲辛。
归来已不见，锦瑟长于人。
今日涧底松，明日山头蘗。
愁到天池翻，相看不相识。

✽ 《房中曲》

云母滤宫月，夜夜白于水。
赚得羊车来，低扇遮黄子。

水精不觉冷，自刻鸳鸯翅。

蚕楼茜香浓，正朝缠左臂。

巴笺两三幅，满写承恩字。

欲得识青天，昨夜苍龙是。

✳ 《宫中曲》

彩鸾餐颢气，威凤入卿云。

长养三清境，追随五帝君。

烟波遗汲汲，矰缴任云云。

下界围黄道，前程合紫氛。

金书惟是见，玉管不胜闻。

草为回生种，香缘却死熏。

海明三岛见，天迥九江分。

搴树无劳援，神禾岂用耘。

斗龙风结阵，恼鹤露成文。

汉岭霜何早，秦宫日易曛。

星机抛密绪，月杵散灵氛。

阳鸟西南下，相思不及群。

✳ 《寓怀》

汉网疏仍漏，齐民困未苏。

如何大丞相，翻作弛刑徒。

中宪方外易，尹京终就拘。

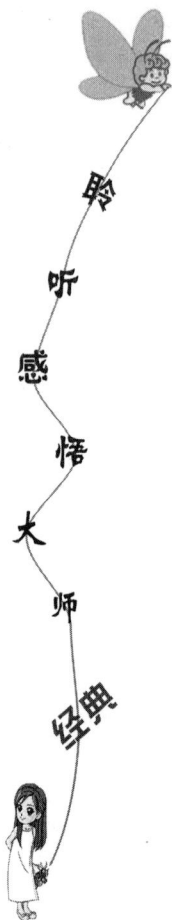

李商隐名篇名句赏读

木矜能弭谤，先议取非辜。

巧有凝脂密，功无一柱扶。

深知狱吏贵，几追季冬诛。

叫帝青天阔，辞家白日晡。

流亡诚不吊，神理若为诬。

在昔恩知忝，诸生礼秩殊。

入韩非剑客，过赵受钳奴。

楚水招魂远，邙山卜宅孤。

甘心亲垤蚁，旋踵戮城狐。

阴骘今如此，天灾未可无。

莫凭牲玉请，便望救焦枯。

❋　《哭虔州杨侍郎》

马卿聊应召，谢傅已登山。

歌发百花外，乐调深竹间。

鹢舟萦远岸，鱼钥启重关。

莺蝶如相引，烟萝不暇攀。

佳人启玉齿，上客颔朱颜。

肯念沉痾士，俱期倒载还。

❋　《南潭上亭宴集以疾后至因而抒情》

别馆君孤枕，空庭我闭关。

池光不受月，野气欲沉山。

星汉秋方会，关河梦几还。

危弦伤远道，明镜惜红颜。

古木含风久，平芜尽日闲。

心知两愁绝，不断若寻环。

❉ 《戏赠张书记》

聆听感悟大师经典

夭桃花正发，秾李蕊方繁。

应候非争艳，成蹊不在言。

静中霞暗吐，香处雪潜翻。

得意摇风态，含情泣露痕。

芬芳光上苑，寂默委中园。

赤白徒自许，幽芳谁与论。

❉ 《赋得桃李无言》

朔雪自龙沙，呈祥势可嘉。

有田皆种玉，无树不开花。

班扇慵裁素，曹衣讵比麻。

鹅归逸少宅，鹤满令威家。

寂寞门扉掩，依稀履迹斜。

人疑游面市，马似困盐车。

洛水妃虚妒，姑山客漫夸。

联辞虽许谢，和曲本惭巴。

粉署闱全隔，霜台路正赊。

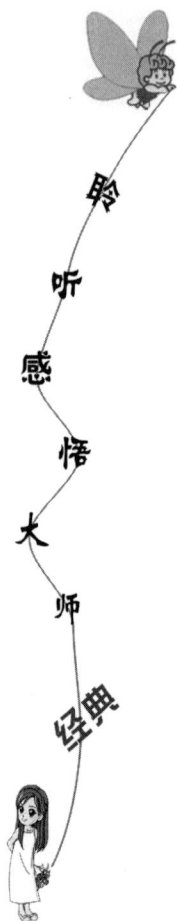

李商隐名篇名句赏读

此时倾贺酒，相望在京华。

✱ 《喜雪》

徒欲心存阙，终遭耳属垣。

遣音和蜀魄，易簧对巴猿。

有女悲初寡，无男泣过门。

朝争屈原草，庙馁莫敖魂。

迥阁伤神峻，长江极望翻。

青云宁寄意，白骨始沾恩。

早岁思东阁，为邦属故园。

登舟惭郭泰，解榻愧陈蕃。

分以忘年契，情犹锡类敦。

公先真帝子，我系本王孙。

✱ 《哭遂州萧侍郎二十四韵》

我本玄元胄，禀华由上津。

中迷鬼道乐，沉为下土民。

托质属太阴，炼形复为人。

誓将覆宫泽，安此真与神。

龟山有慰荐，南真为弥纶。

玉管会玄闿，火枣承天姻。

科车遏故气，侍香传灵氛。

飘飖被青霓，婀娜佩紫绞。

— 98 —

林洞何其微，下仙不与群。

丹泥因未控，万劫犹逡巡。

荆芜既以薙，舟壑永无湮。

相期保妙命，腾景侍帝宸。

❋ 《戊辰会静中出贻同志二十韵》

秦人昔富家，绿窗闻妙旨。

鸿惊雁背飞，象床殊故里。

因令五十丝，中道分宫征。

斗粟配新声，娣侄徒纤指。

风流大堤上，怅望白门里。

蠹粉实雌弦，灯光冷如水。

羌管促蛮柱，从醉吴宫耳。

满内不扫眉，君王对西子。

初花惨朝露，冷臂凄愁髓。

一曲送连钱，远别长于死。

玉砌衔红兰，妆窗结碧绮。

九门十二关，清晨禁桃李。

❋ 《和郑愚赠汝阳王孙家筝妓二十韵》

爱景人方乐，同雪候稍愆。

徒闻周雅什，愿赋朔风篇。

欲俟千箱庆，须资六出妍。

李商隐名篇名句赏读

咏留飞絮后,歌唱落梅前。

庭树思琼蕊,妆楼认粉绵。

瑞邀盈尺日,丰待两岐年。

预约延枚酒,虚乘访戴船。

映书孤志业,披氅阻神仙。

几向霜阶步,频将月幌褰。

玉京应已足,白屋但颙然。

❋ 《忆雪》

旭日开晴色,寒空失素尘。

绕墙全剥粉,傍井渐消银。

刻兽摧盐虎,为山倒玉人。

珠远犹照魏,璧碎尚留秦。

落日惊侵昼,余光误惜春。

檐冰滴鹅管,屋瓦镂鱼鳞。

岭霄岚光坼,松暄翠粒新。

拥林愁拂尽,著砌恐行频。

焦寝忻无患,梁园去有因。

莫能知帝力,空此荷平均。

❋ 《残雪》

大镇初更帅,嘉宾素见邀。

使车无远近,归路更烟霄。

— 100 —

聆听感悟大师经典

稳放骅骝步，高安翡翠巢。

御风知有在，去国肯无聊。

早忝诸孙末，俱从小隐招。

心悬紫云阁，梦断赤城标。

素女悲清瑟，秦娥弄玉箫。

山连玄圃近，水接绛河遥。

岂意闻周铎，翻然慕舜韶。

皆辞乔木去，远逐断蓬飘。

蒲俗谁其激，斯民已甚恌。

鸾皇期一举，燕雀不相饶。

❋ 《送从翁从东川弘农尚书幕》

香兰愧伤暮，碧竹惭空中。

可集呈瑞凤，堪藏行雨龙。

淮山桂偃蹇，蜀郡桑重童。

枝条亮眇脆，灵气何由同。

昔闻咸阳帝，近说稽山侬。

或著仙人号，或以大夫封。

终南与清都，烟雨遥相通。

安知夜夜意，不起西南风。

美人昔清兴，重之犹月钟。

宝笥十八九，香缇千万重。

❋ 《李肱所遗画松诗书两纸得四十韵》

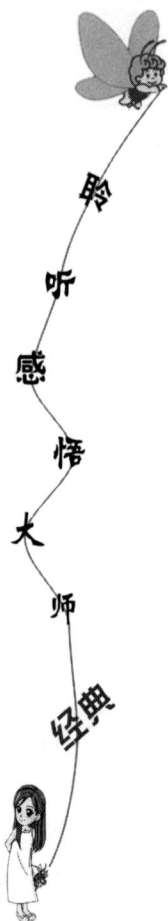

李商隐名篇名句赏读

君家在河北,我家在山西。

百岁本无业,阴阴仙李枝。

尚书文与武,战罢幕府开。

君从渭南至,我自仙游来。

平昔苦南北,动成云雨乖。

逮今两携手,对若床下鞋。

夜归碣石馆,朝上黄金台。

我有苦寒调,君抱阳春才。

年颜各少壮,发绿齿尚齐。

我虽不能饮,君时醉如泥。

政静筹画简,退食多相携。

扫掠走马路,整顿射雉翳。

春风二三月,柳密莺正啼。

清河在门外,上与浮云齐。

❋ 《戏题枢言草阁三十二韵》

二月二十二,木兰开坼初。

初当新病酒,复自久离居。

愁绝更倾国,惊新闻远书。

紫丝何日障,油壁几时车。

弄粉知伤重,调红或有余。

波痕空映袜,烟态不胜裾。

挂岭含芳远，莲塘属意疏。

瑶姬与神女，长短定何如。

❋ 《木兰》

洒砌听来响，卷帘看已迷。

江间风暂定，云外日应西。

稍稍落蝶粉，班班融燕泥。

飓萍初过沼，重柳更缘堤。

必拟和残漏，宁无晦暝鼙。

半将花漠漠，全共草萋萋。

猿别方长啸，乌惊始独栖。

府公能八咏，聊且续新题。

❋ 《细雨成咏献尚书河东公》

闻驻行春斾，中途赏物华。

缘忧武昌柳，遂忆洛阳花。

嵇鹤元无对，荀龙不在夸。

只将沧海月，长压赤城霞。

兴欲倾燕馆，欢终到习家。

风长应侧帽，路隘岂容车。

楼迥波窥锦，窗虚日弄纱。

锁门金了鸟，展障玉鸦叉。

舞妙从兼楚，歌能莫杂巴。

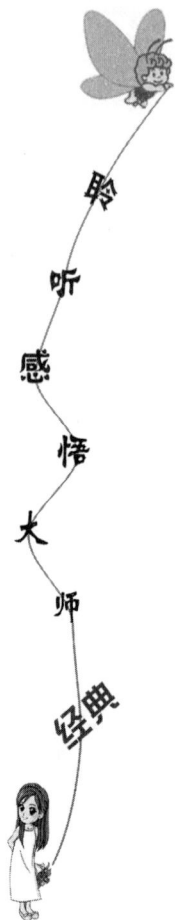

李商隐名篇名句赏读

必投潘岳果，谁掺祢衡过。

刻烛当时忝，传杯此夕赊。

可怜漳浦卧，愁绪独如麻。

❋ 《病中闻河东公乐营置酒口占寄上》

怅望逢张女，迟回送阿侯。

空看小垂手，忍问大刀头。

妙选茱萸帐，平居翡翠楼。

云屏不取暖，月扇未遮羞。

上掌真何有，倾城岂自由。

楚妃交荐枕，汉后共藏阄。

夫向羊车觅，男从凤穴求。

书成被襖帖，唱杀畔牢愁。

夜杵鸣江练，春刀解苦榴。

象床穿幰网，犀帖钉窗油。

仁寿遗明镜，陈仓拂彩球。

真防舞如意，佯盖卧箜篌。

❋ 《拟意》

辰象森罗正，句陈翊卫宽。

龟龙排百戏，剑佩俨千官。

城禁将开晚，宫深欲曙难。

月轮移枌诣，仙路下栏干。

聆听感悟大师经典

共贺高谋应，将陈寿酒欢。

金星压芒角，银汉转波澜。

王母来空阔，羲和上屈盘。

凤皇传诏旨，獬荐冠朝端。

造化中台座，威风上将坛。

甘泉犹望幸，早晚冠呼韩。

❋ 《谢往桂林至彤庭窃咏》

祖业隆盘古，孙谋复大庭。

从来师俊杰，可以焕丹青。

旧族开东岳，雄图奋北溟。

邪同獬荐触，乐伴凤凰听。

酣战仍挥日，降妖亦半霆。

将军功不伐，叔舅德惟馨。

鸡塞谁生事，狼烟不暂停。

拟填沧海鸟，敢竞太阳萤。

内草才传诏，前茅已勒铭。

那劳出师表，尽入大荒经。

德水萦长带，阴山绕画屏。

只忧非綮肯，未觉有膻腥。

保佐资冲漠，扶持在杳冥。

乃心防暗室，华发称明廷。

❋ 《寄太原卢司空三十韵》

聆听感悟大师经典

垂柳碧髯茸，楼昏雨带容。

思量成夜梦，束久废春慵。

梳洗凭张敞，乘骑笑稚恭。

碧虚随转笠，红烛近高春。

怨目明秋水，愁眉淡远峰。

小阑花尽蝶，静院醉醒蛩。

旧作琴台凤，今为药店龙。

宝奁抛掷久，一任景阳钟。

✳ 《垂柳》